學校沒教你的中文秘密

如何讓孩子愛上學習

作者　黃筱媛

柳岸文化實業有限公司　出版

自 序

自從我出版了一套史上最簡單的國語文法書《中文基礎文法》後，有許多家長問我：「文法書可以給幾歲的孩子閱讀？」

孩子能夠自行閱讀後，就可以教他認識基礎的文法。這對孩子將來的聽、說、讀、寫能力非常有幫助。

我身邊有好幾個實例，家長先讀了國語文法書，再教會孩子國語的基礎文法。結果孩子最擅長的科目變成國語，連帶其他的科目也進步了。因為閱讀的教材都是中文，如果看不懂中文，自然也無法理解教材的內容。

中文的結構跟其他的語言不同，很容易讓人誤以為學中文不需要學文法。

但我發現到一個事實，只要弄懂國語的基礎文法，對學習有非常大的幫助。

這本《如何讓孩子愛上學習：學校沒有教你的中文秘密》是為剛開始學國語文法的學生編寫的，特別加上注音符號，方便學生閱讀以及認字。

第一部分是「給家長的話」。建議家長先看這個部分。雖然只有短短幾頁，卻是我二十幾年來的教學經驗。

如果能在一開始就給孩子一個安全、理性的學習環境，可以減少很多後面的「補救工程」。

第二部分的正文，孩子可以自行閱讀，或是由家長陪同閱讀。

讀書這件事，無法用強迫的方式。雖然許多人認同「失敗為成功之母」、「想要成功，必須先經歷挫折」的想法；遺憾的是，這種做法並不適用於學習。

現在的學生大多有著「太難就放棄」的心態。但是一次兩次放棄後，學生也會開始習慣性地放棄其他事情。

雖然有方法可以挽回並且補救放棄的心態。但我真心覺得，一開始就走在對的路上，省錢又省力。

我曾經幫助一位男孩逆轉了他的生活。因為他認識的字很少，看到文字就排斥。他原本處在一種什麼都不想學、擺爛、自暴自棄的狀態；家人也不知道該拿他怎麼辦？我花了一段時間教他基本的學習方法，從簡單的文法教他開始認字。直到後來他有能力自己閱讀，也考上市立的高職學校。

最令我感到欣慰的是他的行為逐漸變得有禮貌，與家人的關係也變好。他的改變讓我看到只要改善一個人的學習能力，提升的不僅僅是他的成績，還有他能把握住的未來！

這是一個資訊爆炸的時代，我們一輩子都跟「文字」脫離不了關係。我編寫這本書的主要目的，就是希望孩子剛進入文字的領域時，能了解文字，進而愛上學習。

為什麼穿越小說特別吸引人？因為穿越時空而來的主角，

擁有當代人欠缺的資料，主角憑藉著他懂的知識比別人多，過關斬將，所向無敵。

　　只要擁有好的學習能力，古往今來現存的知識，都可以被吸收變成自己的才能；我們可以學到好幾輩人的智慧精華，更可以日新月異地進步。

　　特別感謝知名教育家 L . 羅恩 賀伯特先生的《文法與溝通》與《基本學習手冊》。這兩本書簡直就是教育界的經典作品。書中提及一套有效的學習方法，並且強調學「文法」的重點不是通過考試，而是幫助「溝通」。

　　這兩本書對於我自身的學習，以及輔導學生都有很大的幫助。也幫助我更有能力去發揮我學到的知識，協助更多人提高學習能力。

　　「書中自有黃金屋」，祝願每一個人都能透過學習，找到屬於自己的寶藏。

黃筱媛

二零二二年十月寫於台灣

編者介紹

黃筱媛 老師

超過二十年的輔導資歷，於澳洲、美國、加勒比海群島的機構學習情緒管理、人際關係、人生規劃等。擅長學習、溝通、親子、自我成長領域。

　　2020 年三月出版一套史上最簡單的國語文法書《中文基礎文法》，同步推出文法課程，獲得許多好評。上過國語文法課程的學生表示學文法不僅幫助閱讀，也提升生活其他方面：

👑 對於我的教學有很大的幫助。我教國語文，我長進了，學生也進步了。很開心。謝謝！　　C 老師　48 歲

👑 上課的速度變快了！更不受外界干擾，反應也變快了。這次的國文考試，比一個資優生還高呢！　　P 同學　14 歲

👑 以前我常常無法結束話題，現在我能結束溝通，蠻開心的。我覺得頭腦變清楚，寫出來的字也工整多了。　　H 小姐　38 歲

👑 我寫國語作業的時候，速度比之前還快很多。而且我還讀得很開心！　　Z 同學　11 歲

♕ 記憶力變好，以前我完全想不起來昨日發生的事，或說過的話。現在三天前的事情我仍記得。 W 小姐 41 歲

♕ 跟朋友溝通的方式變好，成績進步。 T 同學 14 歲

♕ 我可以更精準地找到句子的核心。學習得很開心，自己更有確定感，也知道如何協助別人不懂的地方。

♕ 自己在創作上更有靈感。我至少有半年想寫文章卻完全沒有靈感，但我居然在 2 天前，一小時左右就完成了一篇 1000 字的文章，而且沒有卡住。我的寫作能力提升了。

♕ 可以更快地找到重點，不再輕易被芝麻蒜皮的小事干擾，工作上變得更有效率。 O 小姐 30 歲

♕ 在溝通講話上越來越明確，表達清楚。跟家人、同事的交流脾氣耐心變好。比較能發現不理解的地方，不會發生跳過或猜測的情況。 Y 先生 32 歲

♕ 以前常常不知書中的意思。現在看書比之前順暢很多。
A 小姐 45 歲

♕ 我可以用更簡單或者更容易做到的方式來完成我的作品。我的手作速度變快了，思緒變得很敏捷，更容易想到聰明的點子，心情也變好了。 J 小姐 18 歲

♕ 學會文法後再回去看以前寫的報告，我才發現我以前的表達方式有問題。 W 先生 39 歲

♛ 讀了你的書，我覺得學習跟教導可以同步。這些剛好都是我不會、從來不知道，覺得不對勁，卻怎麼努力都弄不懂、很難解釋的區塊。看著看著我覺得自己讀書的速度變快了。 K老師 61歲

♛ 感謝筱媛老師把中文的文法系統化，並按照難易度編排，讓人可以輕易地拾階而上，輕鬆領略中文之美。 S小姐 39歲

♛ 學到各種詞類以及如何應用。中文其實很有趣，讓我對閱讀產生興趣！

♛ 看句子比以前更清楚明瞭，知道書上要表達的是什麼意思。感覺每一個字都清楚了起來。在生活中處理物品及溝通可以知道每一個環節所要做的事情。 F小姐 46歲

♛ 現在跟以前讀書的感覺不同。以前讀書很卡，現在順暢多了。真是太開心了！終於可以感受到盡情學習的樂趣了。我可以往聰明人邁進了。哈哈哈哈！ C小姐 38歲

♛ 開始讀你的文法書之後，感覺我對中文擁有更高的親和力，思路也似乎開始變得更清晰了呢！ D小姐 50歲

♛ 如獲至寶，閱讀之後發現可以幫助我的學習。圖文並茂又簡單好懂，很珍惜，好開心，每個人都應該有一本！
L小姐 32歲

目錄

第一部分

給家長的話

給家長的話

孩子不愛學習嗎？

許多家長苦惱於孩子的學習態度懶散、不認真、不積極、心不在焉，或是半途而廢。

孩子真的不愛學習嗎？

不是的。

孩子不熱衷學習的主要原因是他看不懂！

　　孩子可能不會說自己看不懂。

　　他可能會說覺得無聊、想睡覺、想去玩、不想讀了，或是沒興趣。

　　只要孩子看得懂，他就一定會繼續看下去。

給家長的話
孩子的好奇心

　　幾乎每一個孩子小時候，總是不停地發問：這是什麼？那是什麼？

　　學習的第一步就是「我想知道更多的事！」

有好奇心的孩子喜歡學習。

如果孩子變得沒有好奇心，那就糟了。

允許孩子帶著好奇心吧！

給家長的話

先教他，再問他

孩子就像一塊白板，在白板上寫了什麼，他就學會什麼。

第一步是先「教」孩子，告訴他事情為什麼會這樣？

孩子需要先知道答案。

他「了解」之後，我們才能反問他「為什麼」。

如果孩子沒有基本的了解，一直要他思考，只會讓他更困惑。

允許他發問、寬容他笨拙地學習，以及反覆練習。

絕對不要抹殺孩子的好奇心！

處在無聊狀態的孩子，不可能會愛上學習。

給家長的話

孩子的創造力

看到新奇的事物，想要發問、想要觸摸、想要看看它到底會有什麼反應？這是正常現象。

給孩子一個能隨意活動，又不會受傷的空間。

不要抑制孩子的創造力。

他的天賦與潛能會顯露在他的一舉一動裡。

可能不需要整天，也不一定是每天。

允許他有一段能自由發問與聊天的時間。

一小段自由的空間與時間會大大地滋養他的創造力。

每個人的天賦都不相同，不要試著培養魚去爬樹，也不要強迫飛鳥去潛水。

天賦：生下來就有的特點與能力。

給家長的話

好奇心不見了？

為什麼孩子的好奇心慢慢不見了？

一、 孩子問了問題，卻沒有得到答案。

二、 孩子還在摸索，卻被指責做錯了。

三、 懲罰的威脅大於他想嘗試的勇氣。

四、　孩子只是被迫累積資料，並沒有找到學習的樂趣。孩子在學習時沒有得到樂趣，就會往其他方面追求樂趣，像是玩手機、玩小動物、玩身邊的人、事、物。

五、　太多的「不可以」埋沒了孩子的「我想知道」。

　　孩子如果不再充滿興趣，他就像一塊不再吸水的海綿了。

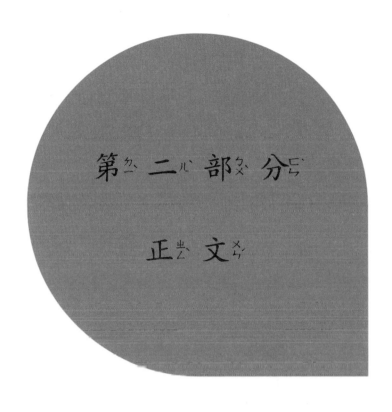

第（ㄉㄧˋ）二（ㄦˋ）部（ㄅㄨˋ）分（ㄈㄣ）

正（ㄓㄥˋ）文（ㄨㄣˊ）

溝ㄍㄡ通ㄊㄨㄥ

我ㄨㄛˇ們ㄇㄣˊ每ㄇㄟˇ天ㄊㄧㄢ都ㄉㄡ在ㄗㄞˋ與ㄩˇ身ㄕㄣ邊ㄅㄧㄢ的ㄉㄜ人ㄖㄣˊ、事ㄕˋ、物ㄨˋ溝ㄍㄡ通ㄊㄨㄥ。

把ㄅㄚˇ想ㄒㄧㄤˇ法ㄈㄚˇ讓ㄖㄤˋ另ㄌㄧㄥˋ一ㄧˊ個ㄍㄜˋ人ㄖㄣˊ知ㄓ道ㄉㄠˋ，就ㄐㄧㄡˋ是ㄕˋ溝ㄍㄡ通ㄊㄨㄥ。

有ㄧㄡˇ很ㄏㄣˇ多ㄉㄨㄛ種ㄓㄨㄥˇ方ㄈㄤ式ㄕˋ可ㄎㄜˇ以ㄧˇ表ㄅㄧㄠˇ達ㄉㄚˊ想ㄒㄧㄤˇ法ㄈㄚˇ。

有ㄧㄡˇ一ㄧˋ種ㄓㄨㄥˇ是ㄕˋ發ㄈㄚ出ㄔㄨ聲ㄕㄥ音ㄧㄣ。

貓ㄇㄠ

有ㄧˇ一ˋ種ˇ是ˋ畫ˋ成ˊ圖ㄊㄨˊ畫ˋ。

也ㄝˇ可ㄜˇ以ˇ寫ㄝˇ成ˊ文ㄣˊ字ˋ。

文ㄣˊ字ˋ是ˋ寫ㄝˇ下ㄚ來ㄞˊ的ˊ線ㄢˋ條ㄠˊ或ㄛˋ字ˋ母ㄨˇ，背ㄟ後ㄡˋ代ㄞˋ表ㄠˇ著ㄜ想ㄤˇ法ㄚˇ。

Cat ➔  貓ㄇㄠ

溝通不是單方面的講話。

兩個人都聽懂對方講的話，這樣才是溝通。

有困惑的時候，可以透過溝通來弄懂。

不了解的時候，可以透過溝通來學習。

產生誤會的時候，可以透過溝通來解釋清楚。

溝通可以解決很多問題，讓我們的生活更順利！

開始溝通

有一天，我來到一個從來沒去過的地方。

旁邊的樹和山，看起來都很陌生。接下來我該怎麼辦呢？

有一個人走過來。

我決定要認識他，跟他做朋友。

因為一個人太寂寞了。

哎呀！ 我聽不懂他說的話，他也聽不懂我說的話。

我們嘰哩呱啦了半天，還是沒辦法。

一隻有毛的小東西發出「喵！」「喵！」的叫聲，從他身邊跑過。

「這是什麼？」

「是他養的嗎？」

「會咬人嗎？」

我指著那隻有毛的小東西，模仿牠的叫聲「喵！」試著跟他溝通。

慢慢地，我和他越來越熟悉。我們變成了好朋友。

他常常哈哈笑，我叫他「哈哈」。

我喜歡帶著一個鈴鐺，他叫我「丁丁」。

那隻有毛的小東西，我們叫牠：貓。

用ㄩㄥ聲ㄕㄥ音ㄧㄣ來ㄌㄞ溝ㄍㄡ通ㄊㄨㄥ

　　我ㄨㄛ們ㄇㄣ常ㄔㄤ常ㄔㄤ用ㄩㄥ「聲ㄕㄥ音ㄧㄣ」來ㄌㄞ代ㄉㄞ表ㄅㄧㄠ人ㄖㄣ、事ㄕ情ㄑㄧㄥ或ㄏㄨㄛ物ㄨ體ㄊㄧ。

　　例ㄌㄧ如ㄖㄨ「哎ㄞ喲ㄧㄠ！」常ㄔㄤ常ㄔㄤ表ㄅㄧㄠ示ㄕ「驚ㄐㄧㄥ訝ㄧㄚ！」或ㄏㄨㄛ是ㄕ「突ㄊㄨ然ㄖㄢ的ㄉㄜ疼ㄊㄥ痛ㄊㄨㄥ！」。

哎ㄞ喲ㄧㄠ！

　　但是「聲音」無法傳到太遠的地方。

　　例如你喊著「媽媽！」，媽媽聽到了，會過來看看發生了什麼事？

　　如果媽媽沒聽到，媽媽就不知道你發出了聲音，也沒收到溝通。

媽媽！

用圖畫來溝通

我們也常用「圖畫」表達想法。

有一張紙上畫了一條魚。看到圖畫的人知道這是一條魚。

「圖畫」的溝通方式，比較沒有時間的限制。

我們現在還可以看到很久以前的圖畫。

練習一

1. 溝通是什麼意思？

2. 我們可以用哪些方式表達想法？

3. 哪一種溝通方式比較沒有時間限制？

4. 講電話，是用聲音來溝通？還是用圖畫來溝通？

語言怎麼開始的？

一一開始，人們看見一一個東西，想跟另一一個人談論它。

如果沒有立刻指出來，那個東西可能會跑掉。

不ㄅㄨˋ是ㄕˋ每ㄇㄟˇ次ㄘˋ都ㄉㄡ抓ㄓㄨㄚ得ㄉㄜˊ到ㄉㄠˋ，

也ㄧㄝˇ不ㄅㄨˋ是ㄕˋ每ㄇㄟˇ個ㄍㄜˋ人ㄖㄣˊ都ㄉㄡ可ㄎㄜˇ以ㄧˇ畫ㄏㄨㄚˋ出ㄔㄨ來ㄌㄞˊ。

　　如果它跑掉了、抓不到、畫不出來，別人可能不知道你在講什麼東西？

　　所以人們開始用「聲音」來代表那個東西。這樣就不用抱著它，想辦法抓到它，或是練習畫出它之後，才能跟別人談論它。

　　代表的聲音大都和物體發出來的聲音有關。

　　例如，發出「喵」叫聲的動物被稱為：貓。

我ㄨㄛˇ們ㄇㄣ˙可ㄎㄜˇ以ㄧˇ用ㄩㄥˋ「聲ㄕㄥ音ㄧㄣ」來ㄌㄞˊ代ㄉㄞˋ表ㄅㄧㄠˇ東ㄉㄨㄥ西ㄒㄧ，也ㄧㄝˇ可ㄎㄜˇ以ㄧˇ用ㄩㄥˋ「圖ㄊㄨˊ畫ㄏㄨㄚˋ」來ㄌㄞˊ紀ㄐㄧˋ錄ㄌㄨˋ事ㄕˋ情ㄑㄧㄥˊ。

例ㄌㄧˋ如ㄖㄨˊ，她ㄊㄚ用ㄩㄥˋ圖ㄊㄨˊ畫ㄏㄨㄚˋ記ㄐㄧˋ錄ㄌㄨˋ鄰ㄌㄧㄣˊ居ㄐㄩ送ㄙㄨㄥˋ來ㄌㄞˊ了ㄌㄜ˙一ㄧ籃ㄌㄢˊ蘋ㄆㄧㄥˊ果ㄍㄨㄛˇ。

圖ㄊㄨˊ畫ㄏㄨㄚˋ變ㄅㄧㄢˋ文ㄨㄣˊ字ㄗˋ

「文ㄨㄣˊ字ㄗˋ」都ㄉㄡ是ㄕˋ從ㄘㄨㄥˊ「圖ㄊㄨˊ畫ㄏㄨㄚˋ」演ㄧㄢˇ變ㄅㄧㄢˋ來ㄌㄞˊ的ㄉㄜ。
下ㄒㄧㄚˋ圖ㄊㄨˊ是ㄕˋ蘇ㄙㄨ美ㄇㄟˇ爾ㄦˇ人ㄖㄣˊ的ㄉㄜ「楔ㄒㄧㄝ形ㄒㄧㄥˊ文ㄨㄣˊ字ㄗˋ」。

蘇ㄙㄨ美ㄇㄟˇ爾ㄦˇ人ㄖㄣˊ

這ㄓㄜˋ是ㄕˋ古ㄍㄨˇ埃ㄞ及ㄐㄧˊ人ㄖㄣ的ㄉㄜ「象ㄒㄧㄤˋ形ㄒㄧㄥˊ文ㄨㄣˊ字ㄗˋ」，右ㄧㄡˋ邊ㄅㄧㄢ的ㄉㄜ圖ㄊㄨˊ形ㄒㄧㄥˊ代ㄉㄞˋ表ㄅㄧㄠˇ「人ㄖㄣˊ」。

古ㄍㄨˇ埃ㄞ及ㄐㄧˊ象ㄒㄧㄤˋ形ㄒㄧㄥˊ文ㄨㄣˊ字ㄗˋ

古ㄍㄨˇ埃ㄞ及ㄐㄧˊ人ㄖㄣˊ

　　最ㄗㄨㄟˋ早ㄗㄠˇ的中ㄓㄨㄥ文ㄨㄣˊ字ㄗˋ「甲ㄐㄧㄚˇ骨ㄍㄨˇ文ㄨㄣˊ」。每ㄇㄟˇ一一個ㄍㄜˋ字ㄗˋ，看ㄎㄢˋ起ㄑㄧˇ來ㄌㄞˊ是ㄕˋ不ㄅㄨˊ是ㄕˋ很ㄏㄣˇ像ㄒㄧㄤˋ一一幅ㄈㄨˊ圖ㄊㄨˊ畫ㄏㄨㄚˋ呢ㄋㄜ？

十ㄕˊ二ㄦˋ生ㄕㄥ肖ㄒㄧㄠˋ甲ㄐㄧㄚˇ骨ㄍㄨˇ文ㄨㄣˊ

鼠ㄕㄨˇ　牛ㄋㄧㄡˊ　虎ㄏㄨˇ　兔ㄊㄨˋ　龍ㄌㄨㄥˊ　蛇ㄕㄜˊ

馬ㄇㄚˇ　羊ㄧㄤˊ　猴ㄏㄡˊ　雞ㄐㄧ　狗ㄍㄡˇ　豬ㄓㄨ

仿照物體實際的形狀，刻寫出來的圖形，稱為「象形文字」。

以前的文字都是刻在木片、泥板等堅硬的物體上。

從圖形變成線條，最後變成現在的寫法。

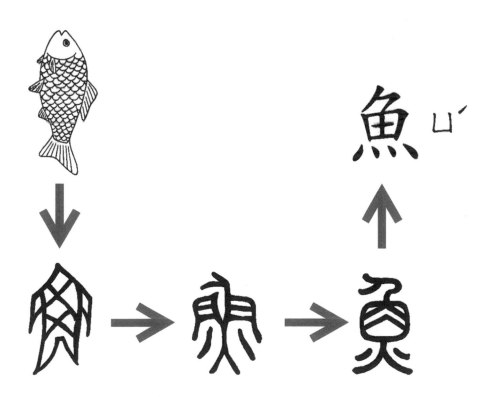

　　這是中文字「人」的圖形演變。像是人側面站著，彎腰，用雙手勞作的模樣。

　　後來把側面的人形變成人走路的樣子。

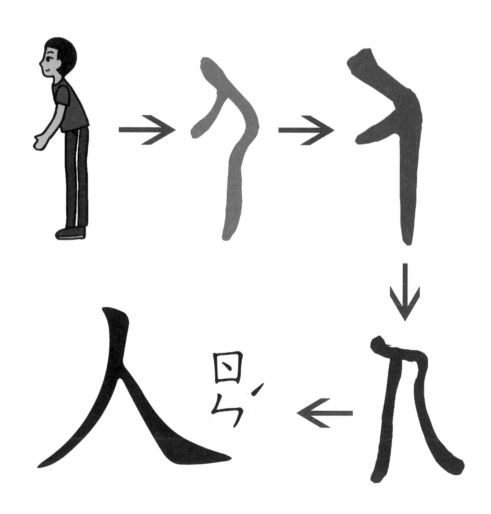

練習二

1. 為什麼人們會用聲音來代表東西？

2. 除了聲音，人們還會用哪一種方式來記錄事情？

3. 「象形文字」是什麼？

4. 「甲骨文」是一種「象形文字」嗎？

語言包含兩個部分

語言包含「聲音」和「文字」兩個部分。

剛開始都是先有了一個想法，然後用「聲音」或「文字」來表達想法。

嬰兒還不會說話的時候，也會用「哭的聲音」來表達「我渴了」或「我餓了」。

用「聲音」說出想法，是口語（口頭的交談）。

口語

用「文字」寫出想法，是書面語（寫成文章）。

有隻貓
偷吃了
我養的魚

書面語

語言的演變是先有「聲音」，然後才有「文字」。

想想看，你是不是也先學會說話，再學會寫字呢？

如果想快速學好一門語言，依照這個順序來學習會比較容易：

1. 先學聲音，

2. 再學文字。

1. 語言包含哪兩個部分？

2. 你聽過或知道哪幾種語言？ 每一種語言都有文字嗎？

3. 先學聲音，就是學會用聲音來表達想法。

試試看，你能夠說出身旁的東西名字（名稱）（聲音）嗎？

例如看到 說出「梳子」。

文字的好處

大明在商品目錄上看到一件襯衫。

他寫下想要的編號與尺寸，寄出訂單。

請寄給我編號 21的襯衫，大號尺寸。

銷售小姐看懂訂單上的文字，把他訂購的襯衫寄給他。

請寄給我
編號21的襯衫，
大號尺寸。

使用文字，<u>大明</u>不需要拿著商品目錄走到銷售小姐的面前，告訴她要買哪一件襯衫。

這是使用文字的好處！

語ㄩˇ言ㄧㄢˊ的ㄉㄜ˙目ㄇㄨˋ的ㄉㄧ˙

語ㄩˇ言ㄧㄢˊ的ㄉㄜ˙目ㄇㄨˋ的ㄉㄧ˙是ㄕˋ為ㄨㄟˋ了ㄌㄜ˙溝ㄍㄡ通ㄊㄨㄥ。

溝ㄍㄡ通ㄊㄨㄥ是ㄕˋ兩ㄌㄧㄤˇ個ㄍㄜ˙人ㄖㄣˊ之ㄓ間ㄐㄧㄢ有ㄧㄡˇ想ㄒㄧㄤˇ法ㄈㄚˇ的ㄉㄜ˙交ㄐㄧㄠ流ㄌㄧㄡˊ。

把ㄅㄚˇ想ㄒㄧㄤˇ法ㄈㄚˇ說ㄕㄨㄛ給ㄍㄟˇ另ㄌㄧㄥˋ一ㄧ個ㄍㄜ˙人ㄖㄣˊ聽ㄊㄧㄥ，這ㄓㄜˋ是ㄕˋ一ㄧ種ㄓㄨㄥˇ溝ㄍㄡ通ㄊㄨㄥ。

蘋ㄆㄧㄥˊ果ㄍㄨㄛˇ！

把想法寫給另一個人看，這是一種溝通。

蘋果

閱讀別人寫下來的文字，也是一種溝通。

不管哪一種語言，都是使用「文字」或「聲音」，把想法讓另一個人知道。

「文字」是寫下來的線條，代表著一個想法。

認識文字的人，可以接收到文字代表的想法。例如看到「貓」字，能想到「貓」。

不認識文字的人就是「文盲」。其實就是那些可以用聲音溝通，卻無法用文字溝通的人。

「半文盲」，是指那些上過學，但學不好、讀不好的人。

因為他們比別人少兩種溝通的方式(不能讀、不能寫)，所以會變得比較沒有自信。

　　我ㄨㄛˇ們ㄇㄣ盡ㄐㄧㄣˋ量ㄌㄧㄤˋ不ㄅㄨˋ要ㄧㄠˋ說ㄕㄨㄛ別ㄅㄧㄝˊ人ㄖㄣˊ聽ㄊㄧㄥ不ㄅㄨˋ懂ㄉㄨㄥˇ的ㄉㄜ話ㄏㄨㄚˋ，或ㄏㄨㄛˋ是ㄕˋ使ㄕˇ用ㄩㄥˋ別ㄅㄧㄝˊ人ㄖㄣˊ看ㄎㄢˋ不ㄅㄨˋ懂ㄉㄨㄥˇ的ㄉㄜ文ㄨㄣˊ字ㄗˋ。

　　因ㄧㄣ為ㄨㄟˋ別ㄅㄧㄝˊ人ㄖㄣˊ聽ㄊㄧㄥ不ㄅㄨˋ懂ㄉㄨㄥˇ、看ㄎㄢˋ不ㄅㄨˋ懂ㄉㄨㄥˇ的ㄉㄜ結ㄐㄧㄝˊ果ㄍㄨㄛˇ，就ㄐㄧㄡˋ是ㄕˋ沒ㄇㄟˊ有ㄧㄡˇ接ㄐㄧㄝ收ㄕㄡ到ㄉㄠˋ你ㄋㄧˇ的ㄉㄜ想ㄒㄧㄤˇ法ㄈㄚˇ，誤ㄨˋ解ㄐㄧㄝˇ你ㄋㄧˇ的ㄉㄜ意ㄧˋ思ㄙ。

　　很ㄏㄣˇ多ㄉㄨㄛ不ㄅㄨˋ開ㄎㄞ心ㄒㄧㄣ的ㄉㄜ情ㄑㄧㄥˊ況ㄎㄨㄤˋ都ㄉㄡ是ㄕˋ誤ㄨˋ解ㄐㄧㄝˇ的ㄉㄜ結ㄐㄧㄝˊ果ㄍㄨㄛˇ。減ㄐㄧㄢˇ少ㄕㄠˇ誤ㄨˋ解ㄐㄧㄝˇ可ㄎㄜˇ以ㄧˇ減ㄐㄧㄢˇ少ㄕㄠˇ許ㄒㄩˇ多ㄉㄨㄛ的ㄉㄜ不ㄅㄨˋ開ㄎㄞ心ㄒㄧㄣ。

打ㄉㄚˇ狼ㄌㄤˊ球ㄑㄧㄡˊ嗎ㄇㄚ？

網ㄨㄤˇ路ㄌㄨˋ用ㄩㄥˋ語ㄩˇ：打ㄉㄚˇ狼ㄌㄤˊ球ㄑㄧㄡˊ是ㄕˋ打ㄉㄚˇ籃ㄌㄢˊ球ㄑㄧㄡˊ的ㄉㄜ意ㄧˋ思ㄙ

練習四

1. 文字的意思是什麼？

2. 使用文字溝通有哪些好處？

3. 為什麼學不好，讀不好的人會比較沒有自信？

4. 如果別人聽不懂或看不懂你的話，會有什麼結果？

表ㄅㄧㄠˇ意ㄧˋ或ㄏㄨㄛˋ表ㄅㄧㄠˇ音ㄧㄣ？

文ㄨㄣˊ字ㄗˋ有ㄧㄡˇ兩ㄌㄧㄤˇ種ㄓㄨㄥˇ：「表ㄅㄧㄠˇ意ㄧˋ文ㄨㄣˊ字ㄗˋ」和ㄏㄢˋ「表ㄅㄧㄠˇ音ㄧㄣ文ㄨㄣˊ字ㄗˋ」。

用ㄩㄥˋ圖ㄊㄨˊ形ㄒㄧㄥˊ表ㄅㄧㄠˇ達ㄉㄚˊ意ㄧˋ思ㄙ的ㄉㄜ文ㄨㄣˊ字ㄗˋ是ㄕˋ「表ㄅㄧㄠˇ意ㄧˋ文ㄨㄣˊ字ㄗˋ」。

「字ㄗˋ」是ㄕˋ表ㄅㄧㄠˇ意ㄧˋ文ㄨㄣˊ字ㄗˋ特ㄊㄜˋ有ㄧㄡˇ的ㄉㄜ用ㄩㄥˋ法ㄈㄚˇ。中ㄓㄨㄥ文ㄨㄣˊ是ㄕˋ表ㄅㄧㄠˇ意ㄧˋ文ㄨㄣˊ字ㄗˋ。例ㄌㄧˋ如ㄖㄨˊ「魚ㄩˊ」字ㄗˋ，最ㄗㄨㄟˋ早ㄗㄠˇ是ㄕˋ仿ㄈㄤˇ照ㄓㄠˋ魚ㄩˊ的ㄉㄜ樣ㄧㄤˋ子ㄗ畫ㄏㄨㄚˋ出ㄔㄨ來ㄌㄞˊ的ㄉㄜ圖ㄊㄨˊ形ㄒㄧㄥˊ。

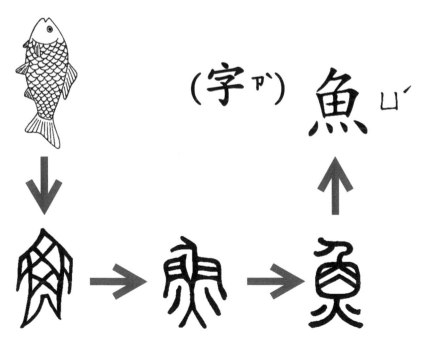

(字ㄗˋ) 魚ㄩˊ

現ㄒㄞ在ㄗㄞ「魚ㄩ」字ㄗ的ㄉㄜ寫ㄒㄧㄝ法ㄈㄚ已ㄧ經ㄐㄧㄥ看ㄎㄢ不ㄅㄨ出ㄔㄨ魚ㄩ的ㄉㄜ樣ㄧㄤ子ㄗ了ㄌㄜ。

但ㄉㄢ是ㄕ只ㄓ要ㄧㄠ記ㄐㄧ住ㄓㄨ「魚ㄩ」字ㄗ的ㄉㄜ樣ㄧㄤ子ㄗ，下ㄒㄧㄚ次ㄘ要ㄧㄠ認ㄖㄣ出ㄔㄨ它ㄊㄚ並ㄅㄧㄥ不ㄅㄨ難ㄋㄢ。

帶ㄉㄞ有ㄧㄡ「魚ㄩ」的ㄉㄜ字ㄗ多ㄉㄨㄛ半ㄅㄢ跟ㄍㄣ魚ㄩ有ㄧㄡ關ㄍㄨㄢ。如ㄖㄨ：魷ㄧㄡ、鮭ㄍㄨㄟ、鯉ㄌㄧ、鯊ㄕ……。

魷ㄧㄡ

鮭ㄍㄨㄟ

鯉ㄌㄧ

鯊ㄕ

　　表達聲音的文字是「表音文字」。

　　這種文字只有少量的字母，用字母拼出聲音，也叫做「拼音文字」。

　　英文是表音文字。

　　例如蝙蝠搧動翅膀時發出類似「貝」的聲音，英文用字母 b—a—t 拼出這個聲音，所以「bat」代表「蝙蝠」。

用聲音表達意思的是表音文字。

water（水）

用圖形表達意思的是表意文字。

水

表音文字的故事

表音文字其實也來自象形文字。

大約四千七百年前，古埃及人已經有了象形文字。（如下圖）

這些象形文字，有些可以代表物體。例如「波浪線條」代表「水」，「五角星」的圖形代表「星星」。

有ㄧㄡˇ些ㄒㄧㄝ可ㄎㄜˇ以ㄧˇ代ㄉㄞˋ表ㄅㄧㄠˇ聲ㄕㄥ音ㄧㄣ。例ㄌㄧˋ如ㄖㄨˊ「禿ㄊㄨ鷹ㄧㄥ」的ㄉㄜ圖ㄊㄨˊ形ㄒㄧㄥˊ發ㄈㄚˇ字ㄗˋ母ㄇㄨˇ「A」的ㄉㄜ聲ㄕㄥ音ㄧㄣ，「貓ㄇㄠ頭ㄊㄡˊ鷹ㄧㄥ」的ㄉㄜ圖ㄊㄨˊ形ㄒㄧㄥˊ發ㄈㄚˇ字ㄗˋ母ㄇㄨˇ「M」的ㄉㄜ聲ㄕㄥ音ㄧㄣ。

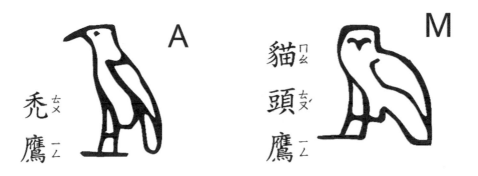

原ㄩㄢˊ來ㄌㄞˊ古ㄍㄨˇ埃ㄞ及ㄐㄧˊ的ㄉㄜ象ㄒㄧㄤˋ形ㄒㄧㄥˊ文ㄨㄣˊ字ㄗˋ，有ㄧㄡˇ的ㄉㄜ是ㄕˋ表ㄅㄧㄠˇ意ㄧˋ文ㄨㄣˊ字ㄗˋ（用ㄩㄥˋ圖ㄊㄨˊ形ㄒㄧㄥˊ表ㄅㄧㄠˇ達ㄉㄚˊ意ㄧˋ思ㄙ）；有ㄧㄡˇ的ㄉㄜ是ㄕˋ表ㄅㄧㄠˇ音ㄧㄣ文ㄨㄣˊ字ㄗˋ（表ㄅㄧㄠˇ達ㄉㄚˊ聲ㄕㄥ音ㄧㄣ的ㄉㄜ文ㄨㄣˊ字ㄗˋ）。

三ㄙㄢ千ㄑㄧㄢ年ㄋㄧㄢˊ前ㄑㄧㄢˊ的ㄉㄜ腓ㄈㄟˊ尼ㄋㄧˊ基ㄐㄧ人ㄖㄣˊ，根ㄍㄣ據ㄐㄩˋ古ㄍㄨˇ埃ㄞ及ㄐㄧˊ的ㄉㄜ象ㄒㄧㄤˋ形ㄒㄧㄥˊ文ㄨㄣˊ字ㄗˋ發ㄈㄚ展ㄓㄢˇ出ㄔㄨ腓ㄈㄟˊ尼ㄋㄧˊ基ㄐㄧ字ㄗˋ母ㄇㄨˇ。

腓ㄈㄟˊ尼ㄋㄧˊ基ㄐㄧ字ㄗˋ母ㄇㄨˇ被ㄅㄟˋ認ㄖㄣˋ為ㄨㄟˊ是ㄕˋ第ㄉㄧˋ一ㄧ批ㄆㄧ字ㄗˋ母ㄇㄨˇ文ㄨㄣˊ字ㄗˋ（表ㄅㄧㄠˇ音ㄧㄣ文ㄨㄣˊ字ㄗˋ）。

後來希臘人根據腓尼基字母創造了希臘字母。

再後來羅馬人根據希臘字母創造了拉丁字母。

英文字母來自於拉丁字母。

西方的許多語言都來自拉丁字母，採用字母拼音的方式。也就是說，除了中文，很多語言都是表音文字。

腓尼基字母	希臘字母	拉丁字母	英文字母

1. 文字可以分成哪兩種？

2. 「表意文字」是什麼意思？

3. 「表音文字」是什麼意思？

4. 「表意文字」跟「表音文字」都有「字」嗎？

表ㄅㄧㄠ音ㄧㄣ文ㄨㄣ字ㄗ的ㄉㄜ特ㄊㄜ色ㄙㄜ

「表ㄅㄧㄠ音ㄧㄣ文ㄨㄣ字ㄗ」的ㄉㄜ特ㄊㄜ色ㄙㄜ是ㄕ「聲ㄕㄥ音ㄧㄣ」。

例ㄌㄧ如ㄖㄨ「雞ㄐㄧ」的ㄉㄜ英ㄧㄥ文ㄨㄣ「chicken」，發ㄈㄚ音ㄧㄣ近ㄐㄧㄣ似ㄙ「去ㄑㄩ啃ㄎㄣ」。

發ㄈㄚ出ㄔㄨ「去ㄑㄩ啃ㄎㄣ」的ㄉㄜ聲ㄕㄥ音ㄧㄣ就ㄐㄧㄡ可ㄎㄜ以ㄧ表ㄅㄧㄠ達ㄉㄚ「雞ㄐㄧ」的ㄉㄜ想ㄒㄧㄤ法ㄈㄚ。

英ㄧㄥ文ㄨㄣ　　　　　發ㄈㄚ音ㄧㄣ近ㄐㄧㄣ似ㄙ

Chicken　　　去ㄑㄩ啃ㄎㄣ

雞ㄐㄧ

例如「強壯」的英文「strong」，發音近似「死壯」。記住這個聲音，就可以用聲音來溝通。

有些人只學了一些英文，就開始用英文交談。這是因為英文是表音文字，用聲音溝通比用文字溝通容易。

英文

Strong

發音近似

死壯

強壯

記住一千種聲音，等於知道一千個意思，很容易做到「聽」與「說」。

但是要做到輕鬆「閱讀」和「寫作」就比較困難。

因為如果記錯了字母的順序，多一個字母或是少一個字母，寫出來就變成另一個意思。

「表音文字」是一種容易「聽」與「說」的語言。

練習六

1. 「表音文字」的特色是什麼？

2. 為什麼學習「表音文字」比較容易？

3. 英文是屬於「表意文字」還是「表音文字」？

4. 為什麼「表音文字」要做到輕鬆「閱讀」和「寫作」比較難？

字ㄗ的ㄉㄜ特ㄊㄜ色ㄙㄜ

中ㄓㄨㄥ文ㄨㄣ字ㄗ是ㄕ僅ㄐㄧㄣ存ㄘㄨㄣ的ㄉㄜ**表ㄅㄧㄠ意ㄧ文ㄨㄣ字ㄗ**，因ㄧㄣ為ㄨㄟ現ㄒㄧㄢ在ㄗㄞ其ㄑㄧ他ㄊㄚ的ㄉㄜ語ㄩ言ㄧㄢ都ㄉㄡ是ㄕ採ㄘㄞ用ㄩㄥ字ㄗ母ㄇㄨ拼ㄆㄧㄣ音ㄧㄣ。

「字ㄗ」由ㄧㄡ一ㄧ個ㄍㄜ或ㄏㄨㄛ數ㄕㄨ個ㄍㄜ**部ㄅㄨ件ㄐㄧㄢ**組ㄗㄨ成ㄔㄥ。

部ㄅㄨ件ㄐㄧㄢ是ㄕ「字ㄗ」可ㄎㄜ以ㄧ拆ㄔㄞ分ㄈㄣ的ㄉㄜ組ㄗㄨ合ㄏㄜ部ㄅㄨ分ㄈㄣ。

例ㄌㄧ如ㄖㄨ「森ㄙㄣ」字ㄗ，由ㄧㄡ三ㄙㄢ個ㄍㄜ「木ㄇㄨ」的ㄉㄜ部ㄅㄨ件ㄐㄧㄢ組ㄗㄨ成ㄔㄥ。所ㄙㄨㄛ以ㄧ「森ㄙㄣ」有ㄧㄡ樹ㄕㄨ木ㄇㄨ很ㄏㄣ多ㄉㄨㄛ的ㄉㄜ意ㄧ思ㄙ。

森ㄙㄣ ＝ 木ㄇㄨ ＋ 木ㄇㄨ ＋ 木ㄇㄨ

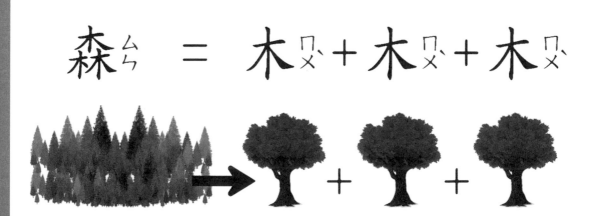

　　「好ㄏㄠ」字ㄗˋ，由ㄧㄡˊ「女ㄋㄩˇ」和ㄏㄜˊ「子ㄗˇ」兩ㄌㄧㄤˇ個ㄍㄜˋ部ㄅㄨˋ件ㄐㄧㄢˋ組ㄗㄨˇ成ㄔㄥˊ。

　　女ㄋㄩˇ子ㄗˇ抱ㄅㄠˋ著ㄓㄜ˙兒ㄦˊ子ㄗ˙，新ㄒㄧㄣ生ㄕㄥ命ㄇㄧㄥˋ誕ㄉㄢˋ生ㄕㄥ了ㄌㄜ˙，有ㄧㄡˇ「美ㄇㄟˇ好ㄏㄠ」的ㄉㄜ˙意ㄧˋ思ㄙ。

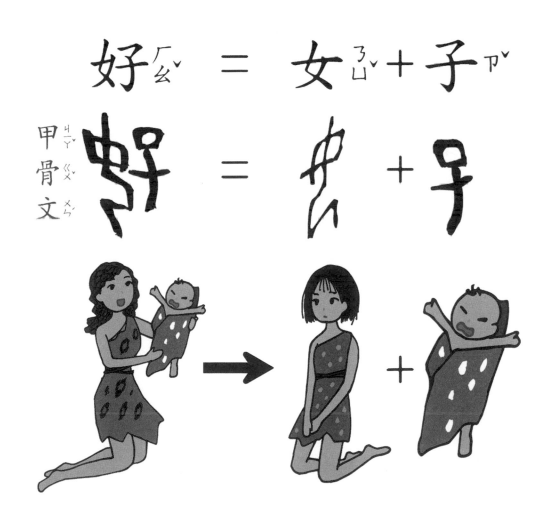

每ㄇㄟˇ一一個ㄍㄜˋ部ㄅㄨˋ件ㄐㄧㄢˋ都ㄉㄡ有ㄧㄡˇ它ㄊㄚ的ㄉㄜ意ㄧˋ思ㄙ。弄ㄋㄨㄥˋ懂ㄉㄨㄥˇ部ㄅㄨˋ件ㄐㄧㄢˋ，可ㄎㄜˇ以ㄧˇ幫ㄅㄤ助ㄓㄨˋ我ㄨㄛˇ們ㄇㄣ了ㄌㄧㄠˇ解ㄐㄧㄝˇ更ㄍㄥ多ㄉㄨㄛ的ㄉㄜ「字ㄗˋ」。

部ㄅㄨˋ件ㄐㄧㄢˋ

日 ㄖˋ

「日ㄖˋ」常ㄔㄤˊ跟ㄍㄣ時ㄕˊ間ㄐㄧㄢ或ㄏㄨㄛˋ太ㄊㄞˋ陽ㄧㄤˊ有ㄧㄡˇ關ㄍㄨㄢ。

部ㄅㄨˋ件ㄐㄧㄢˋ

月 ㄩㄝˋ

「月ㄩㄝˋ」常ㄔㄤˊ跟ㄍㄣ月ㄩㄝˋ亮ㄌㄧㄤˋ有ㄧㄡˇ關ㄍㄨㄢ。

中文有好幾萬個字，只有五百多個部件。

這是因為部件的組合方式很靈活，上下左右都可以組成字。

大陸從一九五八年推行漢語拼音後，發現中文不適合變成拼音文字。因為太多同音字，如「去世」和「趣事」、「攻擊」和「公雞」等等。

而部件的表意方式，可以幫助我們區別同音字。

公雞 gōngjī

漢語拼音

攻擊 gōng jí

漢語拼音

學注音符號的好處

「注音符號」是一套發音系統，標在字的旁邊，幫助我們念出字的正確發音。

這個步驟使「聲音」與「文字」結合在一起。

「注音符號」幫助我們認識更多的字。

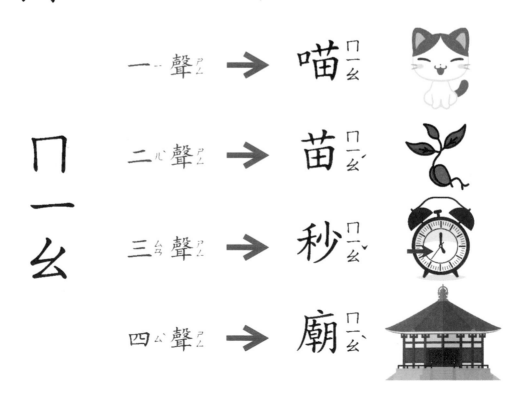

ㄇ
ㄧ
ㄠ

一聲 ➔ 喵ㄇㄧㄠ

二聲 ➔ 苗ㄇㄧㄠ

三聲 ➔ 秒ㄇㄧㄠ

四聲 ➔ 廟ㄇㄧㄠ

　　共有三十七個「注音符號」，加上四個聲調號（二聲、三聲、四聲、輕聲），可以拼出每一個中文字的發音。

ㄅ　ㄆ　ㄇ　ㄈ　　ㄉ　ㄊ　ㄋ　ㄌ

ㄍ　ㄎ　ㄏ　　　　ㄐ　ㄑ　ㄒ

ㄓ　ㄔ　ㄕ　ㄖ　　ㄗ　ㄘ　ㄙ

ㄧ　ㄨ　ㄩ　　　　ㄚ　ㄛ　ㄜ　ㄝ

ㄞ　ㄟ　ㄠ　ㄡ

ㄢ　ㄣ　ㄤ　ㄥ　ㄦ

發音時最開始發出來的音是聲母。如包「ㄅㄠ」中的「ㄅ」。

聲母	ㄅ	ㄆ	ㄇ	ㄈ	
	ㄉ	ㄊ	ㄋ	ㄌ	
	ㄍ	ㄎ	ㄏ		
	ㄐ	ㄑ	ㄒ		
	ㄓ	ㄔ	ㄕ	ㄖ	
	ㄗ	ㄘ	ㄙ		

發音時後半段的音是韻母。如包「ㄅㄠ」中的「ㄠ」。

韻母	ㄧ	ㄨ	ㄩ		
	ㄚ	ㄛ	ㄜ	ㄝ	
	ㄞ	ㄟ	ㄠ	ㄡ	
	ㄢ	ㄣ	ㄤ	ㄥ	ㄦ

練習七

1. 「字」由什麼組成？

2. 中文的「部件」只能左右組合嗎？

3. 學習「注音符號」的好處有哪些？

4. 遇到同音字，可以用什麼方式區別？

字ㄗ的ㄉㄜ分ㄈㄣ類ㄌㄟ

約ㄩㄝ一千ㄑㄢ九ㄐㄧㄡ百ㄅㄞ年ㄋㄧㄢ前ㄑㄧㄢ，有ㄧㄡ一個ㄍㄜ叫ㄐㄧㄠ許ㄒㄩ慎ㄕㄣ的ㄉㄜ人ㄖㄣ，根ㄍㄣ據ㄐㄩ「字ㄗ的ㄉㄜ形ㄒㄧㄥ狀ㄓㄨㄤ」把ㄅㄚ字ㄗ分ㄈㄣ成ㄔㄥ五ㄨ百ㄅㄞ四ㄙ十ㄕ部ㄅㄨ（「部ㄅㄨ」有ㄧㄡ類ㄌㄟ別ㄅㄧㄝ的ㄉㄜ意ㄧ思ㄙ）。

四ㄙ百ㄅㄞ年ㄋㄧㄢ前ㄑㄧㄢ，開ㄎㄞ始ㄕ用ㄩㄥ部ㄅㄨ首ㄕㄡ來ㄌㄞ分ㄈㄣ類ㄌㄟ。形ㄒㄧㄥ狀ㄓㄨㄤ相ㄒㄧㄤ似ㄙ的ㄉㄜ部ㄅㄨ件ㄐㄧㄢ放ㄈㄤ在ㄗㄞ一起ㄑㄧ，最ㄗㄨㄟ簡ㄐㄧㄢ單ㄉㄢ的ㄉㄜ放ㄈㄤ在ㄗㄞ第ㄉㄧ一個ㄍㄜ當ㄉㄤ「部ㄅㄨ首ㄕㄡ」。

（「首ㄕㄡ」有ㄧㄡ第ㄉㄧ一個ㄍㄜ的ㄉㄜ意ㄧ思ㄙ）。

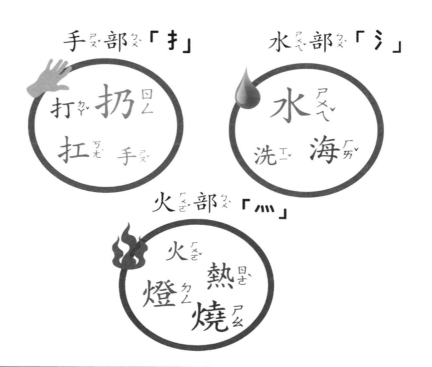

手ㄕㄡ部ㄅㄨ「扌」

打ㄉㄚ 扔ㄖㄥ
扛ㄎㄤ 手ㄕㄡ

水ㄕㄨㄟ部ㄅㄨ「氵」

水ㄕㄨㄟ
洗ㄒㄧ 海ㄏㄞ

火ㄏㄨㄛ部ㄅㄨ「灬」

火ㄏㄨㄛ
燈ㄉㄥ 熱ㄖㄜ
燒ㄕㄠ

數萬個中文字，有五百多個部件，兩百一十四個部首。

形狀相似的字大部分是同樣的部首，意思相似的字也大部分是同樣的部首。

部首把「字」做了分類。字被分成兩百一十四類。

手、打、扛、扔，是「手」部

猜ㄘㄞ出ㄔㄨ字ㄗˋ的ㄉㄜ發ㄈㄚ音ㄧㄣ

　　許ㄒㄩˇ多ㄉㄨㄛ中ㄓㄨㄥ文ㄨㄣˊ字ㄗˋ都ㄉㄡ有ㄧㄡˇ一ㄧ個ㄍㄜ˙意ㄧˋ符ㄈㄨˊ和ㄏㄢˊ音ㄧㄣ符ㄈㄨˊ。

　　「傳ㄔㄨㄢˊ達ㄉㄚˊ意ㄧˋ思ㄙ」的ㄉㄜ˙符ㄈㄨˊ號ㄏㄠˋ是ㄕˋ意ㄧˋ符ㄈㄨˊ。

　　「代ㄉㄞˋ表ㄅㄧㄠˇ發ㄈㄚ音ㄧㄣ」的ㄉㄜ˙符ㄈㄨˊ號ㄏㄠˋ是ㄕˋ音ㄧㄣ符ㄈㄨˊ。

　　例ㄌㄧˋ如ㄖㄨˊ「抗ㄎㄤˋ」字ㄗˋ，由ㄧㄡˊ意ㄧˋ符ㄈㄨˊ「扌」加ㄐㄧㄚ音ㄧㄣ符ㄈㄨˊ「亢」組ㄗㄨˇ成ㄔㄥˊ，發ㄈㄚ「亢ㄎㄤˋ」音ㄧㄣ。

抗ㄎㄤˋ

抗 = 扌 + 亢

（抗ㄎㄤˋ的ㄉㄜ˙古ㄍㄨˇ字ㄗˋ）　（手ㄕㄡˇ的ㄉㄜ˙古ㄍㄨˇ字ㄗˋ）（抗ㄎㄤˋ的ㄉㄜ˙古ㄍㄨˇ字ㄗˋ）

「扌」是ㄕˋ「手ㄕㄡˇ」，用ㄩㄥˋ手ㄕㄡˇ做ㄗㄨㄛˋ出ㄔㄨ動ㄉㄨㄥˋ作ㄗㄨㄛˋ。

「亢」是ㄕˋ「亢ㄎㄤˋ」，表ㄅㄧㄠˇ示ㄕˋ掙ㄓㄥ扎ㄓㄚˊ反ㄈㄢˇ擊ㄐㄧˊ。

　　表意文字的特色讓我們能夠從字的「形體」猜出字的「意思」或是「發音」。

　　所以，學中文，只要熟悉「部件」，認識「部首」，知道「發音」，很快就能了解「字」。認識新字並不難。

松（ㄙㄨㄥ）＝

部首 ＋ 部件 ＋ 發音
木　　公　　ㄙㄨㄥ

了解意思

字ㄗˋ的ㄉㄜ˙筆ㄅㄧˇ畫ㄏㄨㄚˋ

對ㄉㄨㄟˋ外ㄨㄞˋ國ㄍㄨㄛˊ人ㄖㄣˊ來ㄌㄞˊ說ㄕㄨㄛ，「字ㄗˋ」似ㄙˋ乎ㄏㄨ是ㄕˋ一ㄧ堆ㄉㄨㄟ不ㄅㄨˋ規ㄍㄨㄟ則ㄗㄜˊ的ㄉㄜ˙線ㄒㄧㄢˋ條ㄊㄧㄠˊ，但ㄉㄢˋ其ㄑㄧˊ實ㄕˊ不ㄅㄨˋ是ㄕˋ。

古ㄍㄨˇ人ㄖㄣˊ常ㄔㄤˊ說ㄕㄨㄛ，練ㄌㄧㄢˋ好ㄏㄠˇ「永ㄩㄥˇ字ㄗˋ八ㄅㄚ法ㄈㄚˇ」就ㄐㄧㄡˋ能ㄋㄥˊ寫ㄒㄧㄝˇ好ㄏㄠˇ字ㄗˋ。因ㄧㄣ為ㄨㄟˋ「字ㄗˋ」的ㄉㄜ˙結ㄐㄧㄝˊ構ㄍㄡˋ是ㄕˋ「筆ㄅㄧˇ畫ㄏㄨㄚˋ」。

筆ㄅㄧˇ畫ㄏㄨㄚˋ：寫ㄒㄧㄝˇ「字ㄗˋ」的ㄉㄜ˙時ㄕˊ候ㄏㄡˋ，不ㄅㄨˋ間ㄐㄧㄢ斷ㄉㄨㄢˋ連ㄌㄧㄢˊ續ㄒㄩˋ地ㄉㄧˋ寫ㄒㄧㄝˇ出ㄔㄨ一ㄧ段ㄉㄨㄢˋ線ㄒㄧㄢˋ條ㄊㄧㄠˊ。

基本筆畫有八種：

筆畫名 橫	從左往右寫	筆畫名 豎	從上往下寫
筆畫名 撇	從上往下撇	筆畫名 捺	從左往右捺
筆畫名 點	從左往右點	筆畫名 提	從下往上，從左往右提
筆畫名 折	由左往右橫，再往下寫	筆畫名 鉤	由上往下，再向左下鉤

　　曾有人抱怨中文字的數量太多，羨慕英文只有二十六個字母。

　　其實以結構來說，「表音文字」由「字母」組成；「字」由「筆畫」組成。

　　英文雖然只有二十六個字母，但字的基本**筆畫**卻只有八筆呀！

　　例如「好」字，筆畫只有六筆。熟悉筆畫後，你會發現字其實很簡單。

練習八

1. 中文有這麼多字，可以被分成幾類？

2. 我們可以從哪些方面來了解一個「字」？

3. 以結構來說，「字」由什麼組成？

4. 請寫出「字」的基本筆畫是哪八種？

什麼是白話文？

【白話文】：

用平常講話的方式寫出來的文章，語氣比較直白。

如果你想問某人吃飯了嗎？

白話文寫成「吃飯了嗎？」

吃飯了嗎？

（白話文）

吃
飯
了
嗎
？

什麼是文言文？

【文言文】：

　　文章的寫法仿照古書的模式，字數少，句子也簡短。

　　如果你想問某人吃飯了嗎？

　　文言文寫成「飯否？」（「否」字用在句尾，表示詢問）

飯否？

（文言文）

「白話文」比「文言文」簡單。

為什麼有「文言文」跟「白話文」兩種文章呢？

本來，人們嘴上說的話（口語）和寫下來的文字是一致的。

後來這兩種表達方式，變得不一致了。因為：

1. 以前沒有紙，文章寫在竹子和布上面，價錢貴又不好寫，所以文章都寫得很簡短。

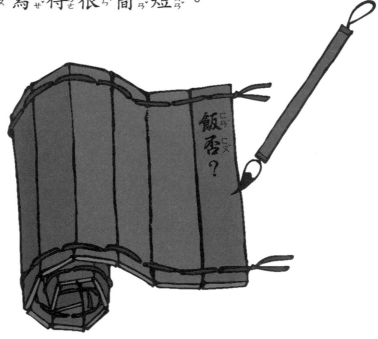

2. 讀書人非常重視古人的文章。他們會把文章背下來，也會模仿古人的語氣來寫文章。所以文章一直維持古文的樣式。

3. 日常的口語變得越來越直白，文章還是古文的樣式。於是口語和文字就漸漸變得不一致了。

　　直到民國九年，小學一、二年級的課本才改成「白話文」，不再使用「文言文」。

國語課本

讀書人：有學到知識的人。

中國的語言

　　語言不是由某個人創造出來的，而是住在同一片土地上的人們，經過數千年使用後的結果。

　　兩千多年前，字的「**寫法**」已經統一了。

甲骨文	金文	篆書	隸書	楷書
(馬 甲骨文)	(馬 金文)	馬	馬	馬
約西元前1300年	約西元前1046年	約西元前403年	約西元前221年	約西元205年~現在

　　但是字的「**發音**」卻沒有統一。

　　也就是說，同樣的字有不同的發音。

例如「人」字，北平人發「仁」音，閩南地區的人發「郎」音。

「鞋子」兩個字，北平人發「鞋子」的音，湖南人發「孩子」的音。

發音不統一，很容易產生誤會與衝突。

北平市

閩南語地區

湖南省

人

ㄖㄣˊ

ㄌㄤˊ

北平人　閩南人

為ㄨㄟˋ什ㄕㄣˊ麼ㄇㄜ˙有ㄧㄡˇ國ㄍㄨㄛˊ語ㄩˇ？

國ㄍㄨㄛˊ語ㄩˇ是ㄕˋ全ㄑㄩㄢˊ國ㄍㄨㄛˊ統ㄊㄨㄥˇ一ㄧ使ㄕˇ用ㄩㄥˋ的ㄉㄜ˙標ㄅㄧㄠ準ㄓㄨㄣˇ語ㄩˇ言ㄧㄢˊ。

沒ㄇㄟˊ有ㄧㄡˇ制ㄓˋ定ㄉㄧㄥˋ國ㄍㄨㄛˊ語ㄩˇ以ㄧˇ前ㄑㄧㄢˊ，因ㄧㄣ為ㄨㄟˋ每ㄇㄟˇ個ㄍㄜˋ地ㄉㄧˋ區ㄑㄩ的ㄉㄜ˙發ㄈㄚ音ㄧㄣ不ㄅㄨˋ相ㄒㄧㄤ同ㄊㄨㄥˊ，造ㄗㄠˋ成ㄔㄥˊ許ㄒㄩˇ多ㄉㄨㄛ溝ㄍㄡ通ㄊㄨㄥ上ㄕㄤˋ的ㄉㄜ˙困ㄎㄨㄣˋ難ㄋㄢˊ。

制ㄓˋ定ㄉㄧㄥˋ「國ㄍㄨㄛˊ語ㄩˇ」的ㄉㄜ˙目ㄇㄨˋ的ㄉㄜ˙，就ㄐㄧㄡˋ是ㄕˋ要ㄧㄠˋ統ㄊㄨㄥˇ一ㄧ文ㄨㄣˊ字ㄗˋ的ㄉㄜ˙發ㄈㄚ音ㄧㄣ。

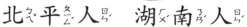

北ㄅㄟˇ平ㄆㄧㄥˊ人ㄖㄣˊ　湖ㄏㄨˊ南ㄋㄢˊ人ㄖㄣˊ

民國二十一年，教育部正式公布以北平音為標準字音，訂出字的統一發音。採用「注音符號」拼出字的聲音。成立國語推行委員會大力推行國語。

大陸稱北平音的話為「普通話」（北平現在已改名北京）。

臺灣使用的國語，受到台語的影響，比普通話少了一些捲舌音。

這就是我們「國語」的由來。

國語課本

　　國語是我們的母語，母語是一個人出生後最早接觸、學習並掌握的語言。

　　掌握好國語，對於學外國語、或是學習其他科目都有事半功倍的效果。

　　全世界講國語（普通話）的人有超過十億人。國語已經是英語以外的第二大語言。

　　學好國語會有很多好處。

練習九

1. 「文言文」和「白話文」，哪一種比較簡單？

2. 「國語」是什麼意思？

3. 如果同一個字，發音不統一，會發生什麼事？

什麼是意義？

每一個物體，都有它的意義。

比如這個紅色的物體：

可以用聲音：ㄆㄧㄥˊ ㄍㄨㄛˇ 代替它，也可

以用「蘋果」兩個字代替它，或是

用圖畫 代替它。

 它的意義是「一種水果。大部
分是紅色的外皮，味道酸甜。」

【意義】：
1. 事物的價值與作用。
2. 文字裡包含的思想與內容。

也就是說，聲音、文字、圖畫都可以用來代替實際的物體，也包含某種意義。

鉛筆

「鉛筆」兩字是物體的名稱，不是意義。

「鉛筆」的意義：

石墨可以畫出濃黑的線條，以石墨做成筆芯，外面用木材包住的書寫工具就是鉛筆。

實ㄕ際ㄐㄧ的ㄉㄜ物ㄨ體ㄊㄧ

貓ㄇㄠ

文ㄨㄣ字ㄗ與ㄩ聲ㄕㄥ音ㄧㄣ

意ㄧ義ㄧ：

一ㄧ種ㄓㄨㄥ動ㄉㄨㄥ物ㄨ。瞳ㄊㄨㄥ孔ㄎㄨㄥ會ㄏㄨㄟ因ㄧㄣ為ㄨㄟ光ㄍㄨㄤ線ㄒㄧㄢ強ㄑㄧㄤ弱ㄖㄨㄛ變ㄅㄧㄢ大ㄉㄚ或ㄏㄨㄛ縮ㄙㄨㄛ小ㄒㄧㄠ，有ㄧㄡ敏ㄇㄧㄣ銳ㄖㄨㄟ的ㄉㄜ聽ㄊㄧㄥ力ㄌㄧ和ㄏㄢ視ㄕ力ㄌㄧ，四ㄙ肢ㄓ較ㄐㄧㄠ短ㄉㄨㄢ，腳ㄐㄧㄠ有ㄧㄡ銳ㄖㄨㄟ爪ㄓㄨㄚ，掌ㄓㄤ有ㄧㄡ肉ㄖㄡ墊ㄉㄧㄢ，擅ㄕㄢ長ㄔㄤ捕ㄅㄨ鼠ㄕㄨ。

正ㄓㄥ常ㄔㄤ眼ㄧㄢ睛ㄐㄧㄥ

瞳ㄊㄨㄥ孔ㄎㄨㄥ縮ㄙㄨㄛ小ㄒㄧㄠ

雖然聲音、文字或圖畫，在溝通的時候，可以用來代替實際的物體，但它們不是事物本身。

手掌心上寫著一個「貓」字，並不表示有一隻貓在手上。

發出「冷氣機」三個音，空氣中也不會立刻出現「冷氣機」吹出冷風。

所以學習文字的時候，弄懂聲音或文字所代表的「意義」是一件很重要的事。

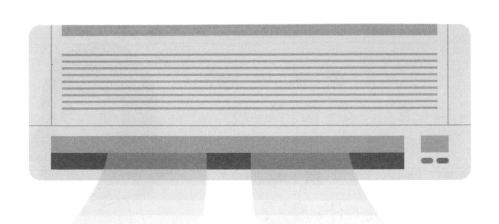

冷氣機

什麼是概念？

「概念」並不是一種「大概的、模糊不清的想法」。

「概念」是指對某事物獲得一個直接的想法。

「蘋果好吃嗎？」

沒吃過蘋果的人很難回答這個問題。因為他沒有概念。

只有認識與瞭解之後，才能獲得一個直接的想法，才有辦法「概略地講出它是什麼？」。

如果只想到「蘋果」兩個字怎麼寫、有人談論蘋果的畫面、一堆文字……。這表示你對「蘋果」還沒有「概念」。

如果你搬到一個新地方，有人問你回家的路怎麼走？你無法得到一個直接的想法關於路怎麼走？因為你還不夠熟悉那個地方。

當你看到文字或聽到聲音，可以立刻知道它代表哪一個物體，以及知道它包含的意義。這就是你對它的概念。

對文字有概念，閱讀時比較容易產生理解，並且可以產生行動力。

練習十

1. 每一個物體，都有意義嗎？「意義」是什麼意思？

2. 知道「鉛筆」兩字怎麼寫，等於知道「鉛筆」兩字的意義嗎？

3. 「概念」是什麼意思？

4. 如何對「文字」或「代表物體的聲音」獲得一個直接的想法？

「字ㄗ」 不ㄅㄨ等ㄉㄥ於ㄩ 「詞ㄘ」

溝ㄍㄡ通ㄊㄨㄥ的ㄉㄜ目ㄇㄨ的ㄉㄜ是ㄕ表ㄅㄧㄠ達ㄉㄚ想ㄒㄧㄤ法ㄈㄚˇ。

我ㄨㄛˇ有ㄧㄡˇ一一個ㄍㄜ想ㄒㄧㄤ法ㄈㄚˇ：蘋ㄆㄧㄥ果ㄍㄨㄛˇ。

我ㄨㄛˇ對ㄉㄨㄟˋ另ㄌㄧㄥˋ一一個ㄍㄜ人ㄖㄣˊ說ㄕㄨㄛ出ㄔㄨ我ㄨㄛˇ的ㄉㄜ想ㄒㄧㄤ法ㄈㄚˇ。

對ㄉㄨㄟˋ方ㄈㄤ聽ㄊㄧㄥ懂ㄉㄨㄥˇ了ㄌㄜ，我ㄨㄛˇ們ㄇㄣˊ才ㄘㄞˊ完ㄨㄢˊ成ㄔㄥˊ了ㄌㄜ溝ㄍㄡ通ㄊㄨㄥ。

「字ㄗˋ」是ㄕˋ書ㄕㄨ寫ㄒㄧㄝˇ時ㄕˊ的ㄉㄜ最ㄗㄨㄟˋ小ㄒㄧㄠˇ單ㄉㄢ位ㄨㄟˋ。

字ㄗˋ有ㄧㄡˇ字ㄗˋ形ㄒㄧㄥˊ、字ㄗˋ音ㄧㄣ與ㄩˇ字ㄗˋ義ㄧˋ。

字ㄗˋ形ㄒㄧㄥˊ　　　　　　字ㄗˋ音ㄧㄣ

字ㄗˋ義ㄧˋ：

　　一ㄧˋ種ㄓㄨㄥˇ動ㄉㄨㄥˋ物ㄨˋ。瞳ㄊㄨㄥˊ孔ㄎㄨㄥˇ會ㄏㄨㄟˋ因ㄧㄣ為ㄨㄟˋ光ㄍㄨㄤ線ㄒㄧㄢˋ強ㄑㄧㄤˊ弱ㄖㄨㄛˋ變ㄅㄧㄢˋ大ㄉㄚˋ或ㄏㄨㄛˋ縮ㄙㄨㄛ小ㄒㄧㄠˇ，有ㄧㄡˇ敏ㄇㄧㄣˇ銳ㄖㄨㄟˋ的ㄉㄜ聽ㄊㄧㄥ力ㄌㄧˋ和ㄏㄢˋ視ㄕˋ力ㄌㄧˋ，四ㄙˋ肢ㄓ較ㄐㄧㄠˋ短ㄉㄨㄢˇ，腳ㄐㄧㄠˇ有ㄧㄡˇ銳ㄖㄨㄟˋ爪ㄓㄨㄚˇ，掌ㄓㄤˇ有ㄧㄡˇ肉ㄖㄡˋ墊ㄉㄧㄢˋ，擅ㄕㄢˋ長ㄔㄤˊ捕ㄅㄨˇ鼠ㄕㄨˇ。

「詞」是語言上表達一個觀念的最小單位。

蘋果

兩個字合起來是一個詞

意義：

一種水果，味道有一點酸甜，大多是紅色的果皮。

「字」不等於「詞」。

「蘋果」兩個字合起來只表達一個觀念，是一個詞。

語言在使用上是以「詞」為單位，不是「字」。

練習十一

1. 「字」是什麼意思？

2. 「詞」是什麼意思？

3. 一個「字」等於一個「詞」嗎？

4. 語言在使用上是以什麼為單位？

什ㄕㄣˊ麼ㄇㄜ˙是ㄕˋ單ㄉㄢ音ㄧㄣ詞ㄘˊ？

有ㄧㄡˇ些ㄒㄧㄝ字ㄗˋ如ㄖㄨˊ：花ㄏㄨㄚ、鳥ㄋㄧㄠˇ、馬ㄇㄚˇ、紅ㄏㄨㄥˊ，一ㄧ個ㄍㄜ˙字ㄗˋ是ㄕˋ一ㄧ個ㄍㄜ˙觀ㄍㄨㄢ念ㄋㄧㄢˋ，這ㄓㄜˋ是ㄕˋ一ㄧ個ㄍㄜ˙詞ㄘˊ。

這ㄓㄜˋ種ㄓㄨㄥˇ一ㄧ字ㄗˋ一ㄧ音ㄧㄣ的ㄉㄜ˙詞ㄘˊ是ㄕˋ「單ㄉㄢ音ㄧㄣ詞ㄘˊ」，簡ㄐㄧㄢˇ稱ㄔㄥ「單ㄉㄢ詞ㄘˊ」。

馬ㄇㄚˇ

花ㄏㄨㄚ

什ㄕㄣ麼ㄇㄜ是ㄕˋ複ㄈㄨˋ音ㄧㄣ詞ㄘˊ？

有ㄧㄡˇ些ㄒㄧㄝ字ㄗˋ要ㄧㄠˋ合ㄏㄜˊ起ㄑㄧˇ來ㄌㄞˊ才ㄘㄞˊ能ㄋㄥˊ表ㄅㄧㄠˇ達ㄉㄚˊ一ㄧ個ㄍㄜˋ觀ㄍㄨㄢ念ㄋㄧㄢˋ。

例ㄌㄧˋ如ㄖㄨˊ「枇ㄆㄧ」字ㄗˋ與ㄩˇ「杷ㄆㄚˊ」字ㄗˋ不ㄅㄨˋ能ㄋㄥˊ分ㄈㄣ開ㄎㄞ使ㄕˇ用ㄩㄥˋ。我ㄨㄛˇ們ㄇㄣ不ㄅㄨˋ能ㄋㄥˊ到ㄉㄠˋ水ㄕㄨㄟˇ果ㄍㄨㄛˇ攤ㄊㄢ說ㄕㄨㄛ：「老ㄌㄠˇ闆ㄅㄢˇ，請ㄑㄧㄥˇ問ㄨㄣˋ枇ㄆㄧ一ㄧ斤ㄐㄧㄣ多ㄉㄨㄛ少ㄕㄠˇ錢ㄑㄧㄢˊ？」或ㄏㄨㄛˋ是ㄕˋ說ㄕㄨㄛ：「我ㄨㄛˇ要ㄧㄠˋ買ㄇㄞˇ一ㄧ斤ㄐㄧㄣ杷ㄆㄚˊ。」

枇ㄆㄧ＝？

杷ㄆㄚˊ＝？

枇ㄆㄧ杷ㄆㄚˊ＝

　　幾個字合起來才能表達一個意思的詞是「複音詞」，簡稱「複詞」。例如蝴蝶、蜻蜓、起士、計程車等。

　　兩個字，發兩個音。

蝴蝶

蜻蜓

起士

計程車

　　很多人愛吃甜點」。這句話有七個字，發七個音；其實只有六個詞：很——多——人——愛——吃——甜點。

「火ㄏㄨㄛˇ車ㄔㄜ」是ㄕˋ複ㄈㄨˋ音ㄧㄣ詞ㄘˊ。

雖ㄙㄨㄟ然ㄖㄢˊ「火ㄏㄨㄛˇ」和ㄏㄜˊ「車ㄔㄜ」分ㄈㄣ開ㄎㄞ都ㄉㄡ有ㄧㄡˇ自ㄗˋ己ㄐㄧˇ的ㄉㄜ意ㄧˋ思ㄙ。但ㄉㄢˋ是ㄕˋ「火ㄏㄨㄛˇ車ㄔㄜ」兩ㄌㄧㄤˇ字ㄗˋ合ㄏㄜˊ起ㄑㄧˇ來ㄌㄞˊ是ㄕˋ一ㄧ種ㄓㄨㄥˇ交ㄐㄧㄠ通ㄊㄨㄥ工ㄍㄨㄥ具ㄐㄩˋ，只ㄓˇ表ㄅㄧㄠˇ達ㄉㄚˊ一ㄧ個ㄍㄜˋ觀ㄍㄨㄢ念ㄋㄧㄢˋ，不ㄅㄨˋ是ㄕˋ兩ㄌㄧㄤˇ個ㄍㄜˋ觀ㄍㄨㄢ念ㄋㄧㄢˋ。

火ㄏㄨㄛˇ車ㄔㄜ

我ㄨㄛˇ想ㄒㄧㄤˇ搭ㄉㄚ火ㄏㄨㄛˇ車ㄔㄜ。

「東南西北」的「東」字和「西」字都可以表示方位，分開用是單詞。

但是「東西」兩字合在一起，例如「這些東西放哪裡？」

「東西」是指一種物品，是複音詞。

東西

「桌子」、「石頭」、「花兒」、「什麼」是兩個字的複音詞；

「老頭子」、「冰淇淋」、「蝴蝶蘭」是三個字的複音詞；

老頭子

冰淇淋

蝴蝶蘭

「摩天大樓」、「公共汽車」是四個字的複音詞。

公共汽車

中文的字，每一個都可以分開寫，容易讓人以為一個字就是一個詞。其實「字」並不等於「詞」。

「字」是書寫時的最小單位。

「詞」是表達觀念的最小單位。

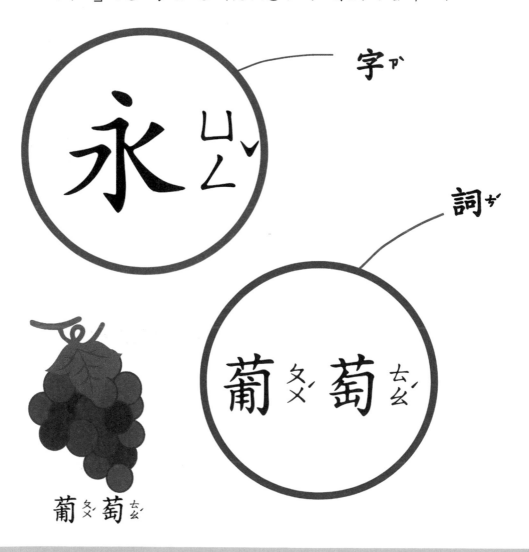

字

詞

永

葡萄

葡萄

練習十二

1. 「單音詞」是指什麼？請舉一個例子。

2. 「複音詞」是指什麼？請舉一個例子。

3. 請判斷下列哪些是單音詞？哪些是複音詞？

水

杯子

太陽

麵包

機器人

熱

「單詞」與「複詞」

以前單音詞很多，複音詞很少。

但是只發一個單音，例如只發出一個音「生」，有時候別人不知道你在講什麼？因為「生」有很多意思。

多一個字變成複音詞，意思可以表達得更清楚。例如「生病」（是發生疾病）、「生氣」（是產生不愉快的感覺）。

生氣

生病

中文「字」有上萬個。三十七個注音符號只能拼出一千三百一十二個音，同音字非常多。

複音詞比單音詞容易理解，所以複音詞變多了。

不用死記哪些是「單音詞」或「複音詞」？

遇到不了解的詞，可以把每一個字的意思分開弄懂，再試著把字聯合起來理解看看。

桌椅是桌子加椅子，兩個詞。

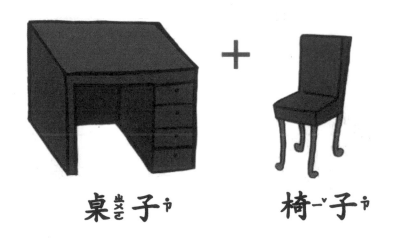

桌子　　　椅子

　　正確地分辨「詞」，可以減少很多誤會。

斧頭 是一個詞。

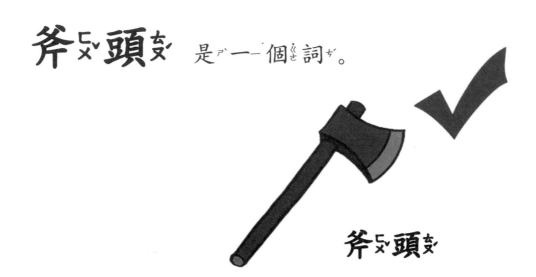

斧頭

不是斧子加頭

斧　　　　　　頭

練習十三

1. 為什麼現在有很多複音詞？

2. 請判斷下面是一個詞還是兩個詞？

開花

划船

水果

番茄

香蕉

夏天

桌上

冷熱

中文字的音節

容易分辨，能夠自然發出來的聲音是一個**音節**。

例如「莊」，這是一個可以自然發出來的聲音，是一個音節。

每個中文字都是一個音節。

「螳螂」是兩個音節，
「摩天大樓」是四個音節。

音節可再分得更小，叫做音素。例如「莊」可以再細分出「ㄓ」、「ㄨ」、「ㄤ」三個音素。

螳螂

摩天大樓

學語言的第一步是學發音，知道「詞」有幾個音節，能幫助我們正確認識詞。

一個中文詞可能有好幾個音節，英文也是一樣。

英文「word」＝「詞」，解釋如下：一個音或好幾個音組成的聲音，代表一個想法、物體或行動。

「ckicken」是一個詞，發音近似「去啃」（中文是「雞」），這個詞英文的發音是兩個音節。

英文

Chicken

雞

如何使用字典？

「字典」是工具書，它可以說明字的形體、發音、意義和用法。

語言的最小單位是「詞」（「詞」等於「辭」）。所以中文有字典，也有辭典。

字典（辭典）用來幫助我們認識字。遇到不認識的字，就使用字典（辭典）來弄清楚吧。

遇到不認識的字，要查字典

每ㄇㄟ一一本ㄅㄣ字ㄗ典ㄉㄧㄢ的ㄉㄜ前ㄑㄧㄢ幾ㄐㄧ頁ㄧㄝ，都ㄉㄡ會ㄏㄨㄟ介ㄐㄧㄝ紹ㄕㄠ如ㄖㄨ何ㄏㄜ使ㄕ用ㄩㄥ它ㄊㄚ。

「部ㄅㄨ首ㄕㄡ索ㄙㄨㄛ引ㄧㄣ」通ㄊㄨㄥ常ㄔㄤ放ㄈㄤ在ㄗㄞ前ㄑㄧㄢ面ㄇㄧㄢ幾ㄐㄧ頁ㄧㄝ；「注ㄓㄨ音ㄧㄣ符ㄈㄨ號ㄏㄠ檢ㄐㄧㄢ字ㄗ表ㄅㄧㄠ」通ㄊㄨㄥ常ㄔㄤ放ㄈㄤ在ㄗㄞ最ㄗㄨㄟ後ㄏㄡ幾ㄐㄧ頁ㄧㄝ。翻ㄈㄢ一一翻ㄈㄢ你ㄋㄧ的ㄉㄜ辭ㄘ典ㄉㄧㄢ，熟ㄕㄡ悉ㄒㄧ它ㄊㄚ們ㄇㄣ的ㄉㄜ位ㄨㄟ置ㄓ。

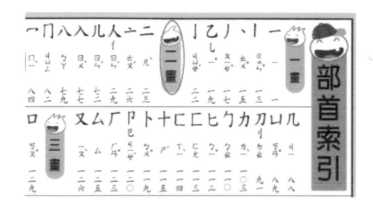

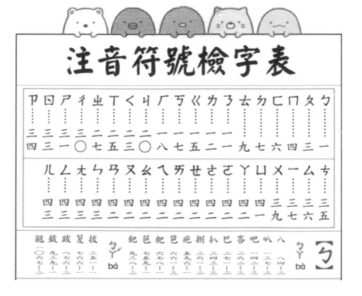

找字的時候，如果不知道字的部首或讀音，可以使用「總筆畫查字表」。

初學者需要一本簡單的辭典，因為太難的辭典會讓你越看越糊塗。

辭典也可能出錯，因為編寫辭典的人也可能遇到不了解的字。

準備幾本不同的辭典。如果這本辭典查不到，就查另一本。

推薦幾本辭典給初學者：

《小學生活用辭典》，五南出版。這本辭典收錄五千三百字。

每一個**部首**都有來源介紹，介紹詳細。

因為介紹得很詳細，可能會遇到不懂的字，有時候會需要家長的協助。（如下圖）

【雨部】

雨

有關，例如：雷、電、霞。

滴。雨部的字都和自然現象像雲，小點正像降下的水早的寫法，「一」像天，「ㄇ」那就是下雨。「雨」就是雨最水滴聚集很多時就會下降，中，遇冷會變成雲，雲裡的地面上的水，蒸發到天空

《角ㄐㄧㄠˇ落ㄌㄨㄛˋ小ㄒㄧㄠˇ夥ㄎㄨㄛˇ伴ㄅㄢˋ國ㄍㄨㄛˊ語ㄩˇ辭ㄘˊ典ㄉㄧㄢˇ》，世ㄕˋ一ㄧ出ㄔㄨ版ㄅㄢˇ。

這ㄓㄜˋ本ㄅㄣˇ辭ㄘˊ典ㄉㄧㄢˇ收ㄕㄡ錄ㄌㄨˋ六ㄌㄧㄡˋ千ㄑㄧㄢ字ㄗˋ。每ㄇㄟˇ一ㄧ個ㄍㄜˋ部ㄅㄨˋ首ㄕㄡˇ也ㄧㄝˇ有ㄧㄡˇ來ㄌㄞˊ源ㄩㄢˊ介ㄐㄧㄝˋ紹ㄕㄠˋ。

解ㄐㄧㄝˇ釋ㄕˋ簡ㄐㄧㄢˇ單ㄉㄢ，來ㄌㄞˊ源ㄩㄢˊ介ㄐㄧㄝˋ紹ㄕㄠˋ也ㄧㄝˇ很ㄏㄣˇ簡ㄐㄧㄢˇ單ㄉㄢ。

有ㄧㄡˇ些ㄒㄧㄝ詞ㄘˊ的ㄉㄜ解ㄐㄧㄝˇ釋ㄕˋ可ㄎㄜˇ能ㄋㄥˊ太ㄊㄞˋ簡ㄐㄧㄢˇ略ㄌㄩㄝˋ。最ㄗㄨㄟˋ好ㄏㄠˇ有ㄧㄡˇ另ㄌㄧㄥˋ一ㄧ本ㄅㄣˇ辭ㄘˊ典ㄉㄧㄢˇ互ㄏㄨˋ相ㄒㄧㄤ參ㄘㄢ考ㄎㄠˇ。

《活ㄏㄨㄛˊ用ㄩㄥˋ國ㄍㄨㄛˊ語ㄩˇ辭ㄘˊ典ㄉㄧㄢˇ》，遠ㄩㄢˇ流ㄌㄧㄡˊ出ㄔㄨ版ㄅㄢˇ。

這ㄓㄜˋ本ㄅㄣˇ辭ㄘˊ典ㄉㄧㄢˇ收ㄕㄡ錄ㄌㄨˋ八ㄅㄚ千ㄑㄧㄢ個ㄍㄜˋ字ㄗˋ，沒ㄇㄟˊ有ㄧㄡˇ部ㄅㄨˋ首ㄕㄡˇ的ㄉㄜ來ㄌㄞˊ源ㄩㄢˊ說ㄕㄨㄛ明ㄇㄧㄥˊ。

但ㄉㄢˋ是ㄕˋ詞ㄘˊ條ㄊㄧㄠˊ很ㄏㄣˇ豐ㄈㄥ富ㄈㄨˋ，很ㄏㄣˇ多ㄉㄨㄛ別ㄅㄧㄝˊ本ㄅㄣˇ沒ㄇㄟˊ有ㄧㄡˇ的ㄉㄜ詞ㄘˊ條ㄊㄧㄠˊ說ㄕㄨㄛ明ㄇㄧㄥˊ這ㄓㄜˋ本ㄅㄣˇ都ㄉㄡ有ㄧㄡˇ，說ㄕㄨㄛ明ㄇㄧㄥˊ也ㄧㄝˇ很ㄏㄣˇ簡ㄐㄧㄢˇ單ㄉㄢ。

1. 為什麼中文有字典也有辭典？

2. 字典(辭典)的好處是什麼？

3. 如果這本辭典查不到要找的字或詞，怎麼辦？

中文怎麼學？

1. 第一步是學好字的發音系統。像是「注音符號」。

2. 把「聲音」跟「文字」結合起來。聽到聲音可以想到等於哪一個字？

3. 把「文字」跟「實際物體」結合起來。看到文字，知道等於哪一個物體？

    例如「好」字有「完整無損壞」的意思，腦中出現這種情景。

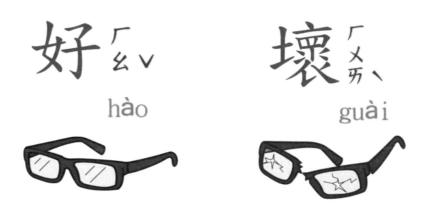

好 hào

壞 guài

4. 知道「字」的部首。使用字典，查出「好」字的部首是「女」部。

5. 了解「字」的基本筆畫是什麼？怎麼寫？在紙上練習筆畫的寫法。

　　中文的特色是「字的形體」可以跟「字的意義」結合起來。

　　熟悉部首、字、發音，就像是滾雪球一樣，越滾越大，認識越來越多的字！

什(ㄕㄜˊ)麼(ㄇㄜ˙)是(ㄕˋ)句(ㄐㄩˋ)子(ㄗˇ)？

她(ㄊㄚ)有(ㄧㄡˇ)一(ㄧ)個(ㄍㄜ˙)想(ㄒㄧㄤˇ)法(ㄈㄚˇ)：「我(ㄨㄛˇ)擦(ㄘㄚ)窗(ㄔㄨㄤ)戶(ㄏㄨˋ)。」

如(ㄖㄨˊ)果(ㄍㄨㄛˇ)只(ㄓˇ)說(ㄕㄨㄛ)：「擦(ㄘㄚ)」或(ㄏㄨㄛˋ)「窗(ㄔㄨㄤ)戶(ㄏㄨˋ)」，別(ㄅㄧㄝˊ)人(ㄖㄣˊ)不(ㄅㄨˋ)一(ㄧ)定(ㄉㄧㄥˋ)能(ㄋㄥˊ)聽(ㄊㄧㄥ)懂(ㄉㄨㄥˇ)。

單ㄉㄢ詞ㄘ的ㄉㄜ溝ㄍㄡ通ㄊㄨㄥ方ㄈㄤ式ㄕ不ㄅㄨ是ㄕ每ㄇㄟ個ㄍㄜ人ㄖㄣ都ㄉㄡ聽ㄊㄧㄥ得ㄉㄜ懂ㄉㄨㄥ，例ㄌㄧ如ㄖㄨ只ㄓ說ㄕㄨㄛ「追ㄓㄨㄟ！」。

有ㄧㄡ看ㄎㄢ到ㄉㄠ的ㄉㄜ人ㄖㄣ，知ㄓ道ㄉㄠ要ㄧㄠ追ㄓㄨㄟ什ㄕ麼ㄇㄜ。

沒ㄇㄟ看ㄎㄢ到ㄉㄠ的ㄉㄜ人ㄖㄣ，怎ㄗㄣ麼ㄇㄜ知ㄓ道ㄉㄠ是ㄕ「追ㄓㄨㄟ人ㄖㄣ」還ㄏㄞ是ㄕ「追ㄓㄨㄟ動ㄉㄨㄥ物ㄨ」呢ㄋㄜ？

我們說話，就是想表達關於某事、某物、某情況的想法。

這個想法中最主要的部分就是「主體」，主體可以是人、事情或物體。

例如只說出主體「媽媽」，卻沒說出「媽媽做了什麼？」，或是「媽媽怎麼了？」。

這樣不是一個句子。

媽媽
主體

除了說出**主體**，還要描述**主體**「怎麼樣了？」。

例如：媽媽笑了。

「媽媽」是**主體**，「產生一個笑的動作」。

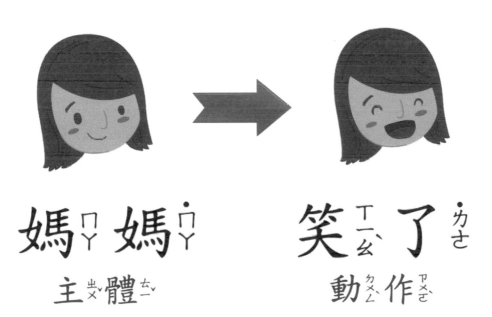

媽媽
主體

笑了
動作

這樣才是一個句子。

一個詞不是句子，句子至少要有兩個詞。

「男孩送花」是一個句子。

它傳遞了一個完整的意思。

它告訴我們「男孩」做了「送花」這件事。

男孩　　送花
主體　　動作

句子：
詞的聯合表達出一個完整的意思。

完整的想法一定要有主體，並且描述主體「在做什麼？」「是什麼？」「怎麼樣了？」

例如：太陽出來。

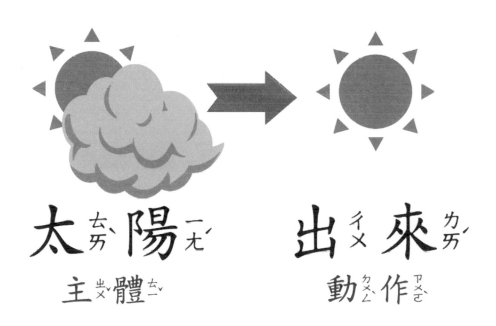

太陽
主體

出來
動作

太陽是主體，太陽從烏雲後面出來了。這是一個句子。

如果沒有這兩個部分，就算有許多詞放在一起，也不是句子。

句子的主要成分

　　句子有兩個主要成分：「主語」和「述語」。

1. 描述句子的主體是**主語**。

2. 描述主語「在做什麼？」「是什麼？」「怎麼樣了？」是**述語**。

　　「我來了」是一個句子。

我　　　來 了
主語　　　述語

她ㄊㄚ　　笑ㄒㄧㄠ了ㄌㄜ

主ㄓㄨ語ㄩˇ　　　述ㄕㄨˋ語ㄩˇ

「她ㄊㄚ笑ㄒㄧㄠ了ㄌㄜ」與ㄩˋ「木ㄇㄨˋ頭ㄊㄡ燃ㄖㄢˊ燒ㄕㄠ了ㄌㄜ」都ㄉㄡ是ㄕˋ句ㄐㄩˋ子ㄗ。

木ㄇㄨˋ頭ㄊㄡ　燃ㄖㄢˊ燒ㄕㄠ了ㄌㄜ

主ㄓㄨ語ㄩˇ　　　述ㄕㄨˋ語ㄩˇ

「她ㄊㄚ招ㄓㄠ手ㄕㄡˇ」 與ㄩˇ「盤ㄆㄢˊ子ㄗˇ碎ㄙㄨㄟˋ了ㄌㄜ˙」 都ㄉㄡ是ㄕˋ句ㄐㄩˋ子ㄗˇ。

她ㄊㄚ　　招ㄓㄠ手ㄕㄡˇ
主ㄓㄨˇ語ㄩˇ　　述ㄕㄨˋ語ㄩˇ

盤ㄆㄢˊ子ㄗˇ碎ㄙㄨㄟˋ了ㄌㄜ˙
主ㄓㄨˇ語ㄩˇ　　述ㄕㄨˋ語ㄩˇ

1. 句子一定要有哪兩個成分？

2. 「主體」是什麼意思？

3. 句子至少要有幾個詞？

4. 兩個詞放在一起就是一個句子嗎？

短語

　　兩個以上的詞，聯合起來沒有形成句子只是「短語」，簡稱「語」。

　　例如「青山」是短語。

　　「青」有「綠色」的意思。

　　「山」是陸地上高起的部分。

　　聯合「青」的觀念加上「山」的觀念，「青山」是指「綠色的山」。這是一個短語。。

青色　　　＋　　　山　　　＝　　　青山

「紅桃」是短語。

「桃子」是一種水果。「紅桃」是指外皮帶有紅色的桃子。聯合「紅色」與「桃子」兩個意思。

紅色　　　桃　　＝　　紅桃

為什麼需要分辨「短語」？

因為我們可以用很多詞聯合起來形容一個主體，例如「被蟲咬一個洞的紅桃」。

青山、綠水、大明的籃球、有彈性的球……，這些「詞的聯合」都是短語。

142

「長髮女孩」是短語，因為「長髮」和「女孩」兩個詞聯合起來，只說出了主體「長髮女孩」，卻沒有說出長髮女孩「怎麼樣了？」。

主體沒有表現出「一種活動」，這樣的描述不是句子。

女孩　　　　長髮　　　長髮女孩

「短語」是一種比詞大，比句子小的語言單位。

最小的語言單位是「詞」，最大的語言單位是「句子」。

「短語」也可以很長。例如「台北陽明山上的櫻花」共五個詞。

只要沒有形成句子，就是「短語」。

台北　陽明山　上　的　櫻花
詞　　詞　　　詞　詞　詞

更ㄍㄥ多ㄉㄨㄛ短ㄉㄨㄢ語ㄩˇ的ㄉㄜ例ㄌㄧˋ子ㄗ˙：

喜ㄒㄧˇ糖ㄊㄤˊ
詞ㄘˊ　詞ㄘˊ

→ 沒ㄇㄟˊ說ㄕㄨㄛ喜ㄒㄧˇ糖ㄊㄤˊ怎ㄗㄣˇ麼ㄇㄜ˙了ㄌㄜ˙？

奔ㄅㄣ跑ㄆㄠˇ的ㄉㄜ˙羊ㄧㄤˊ
詞ㄘˊ　　詞ㄘˊ　詞ㄘˊ

→ 沒ㄇㄟˊ說ㄕㄨㄛ奔ㄅㄣ跑ㄆㄠˇ的ㄉㄜ˙羊ㄧㄤˊ發ㄈㄚ生ㄕㄥ什ㄕㄣˊ麼ㄇㄜ˙事ㄕˋ？

冰_{ㄅㄧㄥ} 涼_{ㄌㄧㄤ} 的_{ㄉㄜ} 汽_{ㄑㄧ} 水_{ㄕㄨㄟ}

詞_ㄘ 　詞_ㄘ 　詞_ㄘ 　詞_ㄘ

→ 沒_{ㄇㄟ}說_{ㄕㄨㄛ}汽_{ㄑㄧ}水_{ㄕㄨㄟ}怎_{ㄗㄣ}麼_{ㄇㄜ}了_{ㄌㄜ}？

染_{ㄖㄢ} 了_{ㄌㄜ} 髮_{ㄈㄚ} 的_{ㄉㄜ} 阿_ㄚ 姨_ㄧ

詞_ㄘ 　詞_ㄘ 　詞_ㄘ 　詞_ㄘ

→ 沒_{ㄇㄟ}說_{ㄕㄨㄛ}染_{ㄖㄢ}了_{ㄌㄜ}髮_{ㄈㄚ}的_{ㄉㄜ}阿_ㄚ姨_ㄧ怎_{ㄗㄣ}麼_{ㄇㄜ}了_{ㄌㄜ}？

語言單位有哪些？

語言單位由小到大的排列是：

詞、語、句。

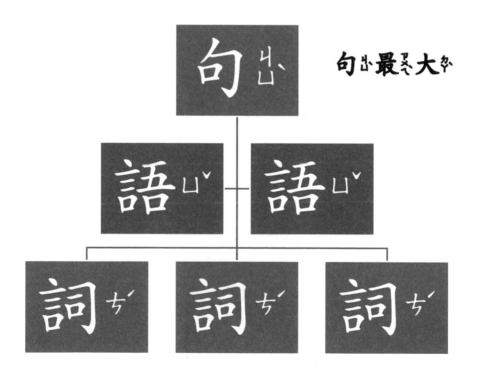

句最大

詞最小

語言單位	解釋與說明
詞	語言上表達一個觀念的最小單位。 例：花
語	兩個以上的詞聯合起來，還沒有形成句子。 例： 美麗的花
句	詞的聯合表達出一個完整的意思。 例：美麗的花開了。

詞ㄘ：

　　蝸ㄍㄨㄚ牛ㄋㄧㄡ

　　龜ㄍㄨㄟ

語ㄩˇ：

　　枯ㄎㄨ樹ㄕㄨ

　　樹ㄕㄨ上ㄕㄤ的ㄉㄜ雪ㄒㄩㄝ

句ㄐㄩ：

　　他ㄊㄚ喜ㄒㄧˇ歡ㄏㄨㄢ小ㄒㄧㄠ狗ㄍㄡ。

　　小ㄒㄧㄠ狗ㄍㄡ喜ㄒㄧˇ歡ㄏㄨㄢ他ㄊㄚ。

練習十六

1. 「短語」是什麼意思？

2. 「短語」的簡稱是什麼？

3. 寫出語言單位由最小排到最大？

4. 請判斷下列哪些是詞？　哪些是語？

相片	窗簾
草莓	草莓汽水
喝水	汗水
滑手機	西瓜

主ㄓㄨˇ語ㄩˇ

「主ㄓㄨˇ語ㄩˇ」是ㄕˋ句ㄐㄩˋ子ㄗˇ中ㄓㄨㄥ最ㄗㄨㄟˋ主ㄓㄨˇ要ㄧㄠˋ的ㄉㄜ˙部ㄅㄨˋ分ㄈㄣ(主ㄓㄨˇ體ㄊㄧˇ)，可ㄎㄜˇ以ㄧˇ是ㄕˋ**詞ㄘˊ**或**短ㄉㄨㄢˇ語ㄩˇ**。

例ㄌㄧˋ如ㄖㄨˊ「美ㄇㄟˇ麗ㄌㄧˋ的ㄉㄜ˙花ㄏㄨㄚ」，是ㄕˋ「美ㄇㄟˇ麗ㄌㄧˋ」、「的ㄉㄜ˙」、「花ㄏㄨㄚ」三ㄙㄢ個ㄍㄜˋ詞ㄘˊ聯ㄌㄧㄢˊ合ㄏㄜˊ一ㄧ起ㄑㄧˇ的ㄉㄜ˙短ㄉㄨㄢˇ語ㄩˇ。

美ㄇㄟˇ麗ㄌㄧˋ的ㄉㄜ˙花ㄏㄨㄚ　　　開ㄎㄞ了ㄌㄜ˙。
　　主ㄓㄨˇ語ㄩˇ　　　　　　　述ㄕㄨˋ語ㄩˇ

「開ㄎㄞ」有ㄧㄡˇ綻ㄓㄢˋ放ㄈㄤˋ的ㄉㄜ˙意ㄧˋ思ㄙ，「了ㄌㄜ˙」有ㄧㄡˇ完ㄨㄢˊ成ㄔㄥˊ的ㄉㄜ˙意ㄧˋ思ㄙ。「開ㄎㄞ了ㄌㄜ˙」是ㄕˋ兩ㄌㄧㄤˇ個ㄍㄜˋ詞ㄘˊ聯ㄌㄧㄢˊ合ㄏㄜˊ起ㄑㄧˇ來ㄌㄞˊ的ㄉㄜ˙短ㄉㄨㄢˇ語ㄩˇ。

句ㄐㄩˋ子ㄗˇ中ㄓㄨㄥ常ㄔㄤˊ常ㄔㄤˊ看ㄎㄢˋ到ㄉㄠˋ「短ㄉㄨㄢˇ**語ㄩˇ**」。所ㄙㄨㄛˇ以ㄧˇ國ㄍㄨㄛˊ語ㄩˇ文ㄨㄣˊ法ㄈㄚˇ上ㄕㄤˋ稱ㄔㄥ呼ㄏㄨ主ㄓㄨˇ體ㄊㄧˇ是ㄕˋ「主ㄓㄨˇ語ㄩˇ」，不ㄅㄨˋ是ㄕˋ「主ㄓㄨˇ詞ㄘˊ」。

述語

「述語」是句子中描述主體在「做什麼？」「是什麼？」「怎麼樣了？」的詞或語。

大雄　　　游泳。

主語　　　述語

大雄做了「游泳」的動作。

述語是「游泳」。

大ㄉㄚˋ姊ㄐㄧㄝˇ　是ㄕˋ　老ㄌㄠˇ師ㄕ。

主ㄓㄨˇ語ㄩˇ　　述ㄕㄨˋ語ㄩˇ

「大ㄉㄚˋ姊ㄐㄧㄝˇ」是ㄕˋ主ㄓㄨˇ語ㄩˇ。

這ㄓㄜˋ句ㄐㄩˋ話ㄏㄨㄚˋ描ㄇㄧㄠˊ述ㄕㄨˋ大ㄉㄚˋ姊ㄐㄧㄝˇ的ㄉㄜ「身ㄕㄣ分ㄈㄣˋ」，而ㄦˊ不ㄅㄨˋ是ㄕˋ大ㄉㄚˋ姊ㄐㄧㄝˇ的ㄉㄜ動ㄉㄨㄥˋ作ㄗㄨㄛˋ。

表ㄅㄧㄠˇ動ㄉㄨㄥˋ作ㄗㄨㄛˋ的ㄉㄜ詞ㄘˊ不ㄅㄨˋ一ㄧ定ㄉㄧㄥˋ是ㄕˋ述ㄕㄨˋ語ㄩˇ。

描ㄇㄧㄠˊ述ㄕㄨˋ主ㄓㄨˇ體ㄊㄧˇ在ㄗㄞˋ「做ㄗㄨㄛˋ什ㄕㄣˊ麼ㄇㄜ？」「是ㄕˋ什ㄕㄣˊ麼ㄇㄜ？」「怎ㄗㄣˇ麼ㄇㄜ樣ㄧㄤˋ了ㄌㄜ？」的ㄉㄜ詞ㄘˊ或ㄏㄨㄛˋ語ㄩˇ才ㄘㄞˊ是ㄕˋ「述ㄕㄨˋ語ㄩˇ」。

襪子　髒了。
主語　　述語

「襪子」是主語，「髒了」是述語。

　這句話描述襪子的「情況」，而不是襪子的動作。

　「髒」本來是一種形容的詞，在這句話中變成句子的述語。

特別說明：

　這本書的重點是講解簡單的文法，讓初學者容易瞭解。

　有些文法系統把「述語」叫做「謂語」。

僅適用於對話

對話時常省略主語。

例如說「來！」是叫「你來！」或「你們來！」省略了主語。

匆忙或緊張的時候會省略述語。例如大叫「火！」是說「火燒起來了！」。述語「燒起來」被省略了。

火！

1. 「主語」是什麼意思？

2. 「述語」是什麼意思？

3. 國語文法上對主體的稱呼是「主詞」還是「主語」？

標點符號的由來

書寫或印刷時，標點符號可以使書面溝通更清楚。

古代的文章沒有標點符號。讀書人要自己用「點」和「圈」標出需要停頓的地方或句子結束的地方，稱為句讀。

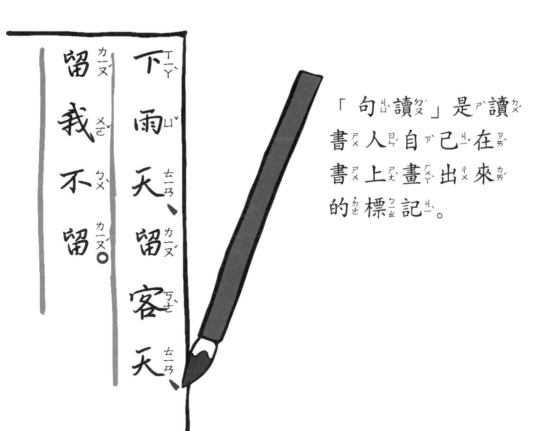

下雨天留客天留我不留

「句讀」是讀書人自己在書上畫出來的標記。

現在標點符號的用法都是依照教育部發布的《重訂標點符號手冊》。

史上最簡單的國語文法書《中文基礎文法》，全套共三冊，上冊也收錄了標點符號的用法。

知道如何正確地使用標點符號能夠有效提升閱讀能力和寫作能力。

文ㄨㄣ法ㄈㄚ

為ㄨㄟ什ㄕㄣ麼ㄇㄜ我ㄨㄛ們ㄇㄣ需ㄒㄩ要ㄧㄠ學ㄒㄩㄝ文ㄨㄣ法ㄈㄚ？

學ㄒㄩㄝ文ㄨㄣ法ㄈㄚ的ㄉㄜ主ㄓㄨ要ㄧㄠ目ㄇㄨ的ㄉㄜ，是ㄕ要ㄧㄠ讓ㄖㄤ書ㄕㄨ面ㄇㄧㄢ溝ㄍㄡ通ㄊㄨㄥ以ㄧ及ㄐㄧ口ㄎㄡ頭ㄊㄡ溝ㄍㄡ通ㄊㄨㄥ更ㄍㄥ順ㄕㄨㄣ利ㄌㄧ。

【文ㄨㄣ法ㄈㄚ】：

詞ㄘ與ㄩ詞ㄘ之ㄓ間ㄐㄧㄢ的ㄉㄜ排ㄆㄞ列ㄌㄧㄝ組ㄗㄨ合ㄏㄜ規ㄍㄨㄟ則ㄗㄜ，稱ㄔㄥ為ㄨㄟ「文ㄨㄣ法ㄈㄚ」。

人ㄖㄣ們ㄇㄣ同ㄊㄨㄥ意ㄧ使ㄕ用ㄩㄥ這ㄓㄜ些ㄒㄧㄝ規ㄍㄨㄟ則ㄗㄜ，使ㄕ詞ㄘ與ㄩ詞ㄘ的ㄉㄜ結ㄐㄧㄝ合ㄏㄜ達ㄉㄚ成ㄔㄥ有ㄧㄡ意ㄧ義ㄧ的ㄉㄜ交ㄐㄧㄠ流ㄌㄧㄡ。

看看這個例子：

?

冰淇淋多少錢一個？

冰淇淋

她不懂文法，所以別人不了解她。

再看看這個例子：

30元

冰淇淋一一個多少錢？

冰淇淋

她懂文法，所以別人了解她。

油漆工人不懂文法，結果給他帶來了麻煩。

　　把「詞」錯誤組合的人會遇到很多的麻煩。因為別人不了解他的意思。

　　懂文法的人可以聽懂別人講的話，別人也能聽懂你講的話。

練習十八

1. 使用「標點符號」的好處？

2. 「文法」是什麼意思？

3. 「學文法」的目的是什麼？

4. 錯誤組合「詞」的人，會發生什麼事？

詞類

語言以「詞」為單位。

在句子中做著不同工作的「詞」，就是不同的「詞類」。

名ㄇㄧㄥˊ詞ㄘˊ

　　名ㄇㄧㄥˊ詞ㄘˊ是ㄕˋ事ㄕˋ物ㄨˋ的ㄉㄜ名ㄇㄧㄥˊ稱ㄔㄥ。人ㄖㄣˊ名ㄇㄧㄥˊ、地ㄉㄧˋ名ㄇㄧㄥˊ或ㄏㄨㄛˋ事ㄕˋ物ㄨˋ名ㄇㄧㄥˊ。

名ㄇㄧㄥˊ詞ㄘˊ
黑ㄏㄟ板ㄅㄢˇ

名ㄇㄧㄥˊ詞ㄘˊ
數ㄕㄨˋ字ㄗˋ

名ㄇㄧㄥˊ詞ㄘˊ
老ㄌㄠˇ師ㄕ

$$4 + 4 = 8$$

衣ㄧ服ㄈㄨˊ
名ㄇㄧㄥˊ詞ㄘˊ

課ㄎㄜˋ本ㄅㄣˇ
名ㄇㄧㄥˊ詞ㄘˊ

學ㄒㄩㄝˊ生ㄕㄥ
名ㄇㄧㄥˊ詞ㄘˊ

代ㄉㄞˋ名ㄇㄧㄥˊ詞ㄘˊ

代ㄉㄞˋ名ㄇㄧㄥˊ詞ㄘˊ用ㄩㄥˋ來ㄌㄞˊ代ㄉㄞˋ替ㄊㄧˋ名ㄇㄧㄥˊ詞ㄘˊ。

「我ㄨㄛˇ」代ㄉㄞˋ替ㄊㄧˋ說ㄕㄨㄛ話ㄏㄨㄚˋ者ㄓㄜˇ的ㄉㄜ名ㄇㄧㄥˊ字ㄗˋ,「你ㄋㄧˇ」代ㄉㄞˋ替ㄊㄧˋ聽ㄊㄧㄥ話ㄏㄨㄚˋ者ㄓㄜˇ的ㄉㄜ名ㄇㄧㄥˊ字ㄗˋ。

「他ㄊㄚ」是ㄕ說ㄕㄨㄛ話ㄏㄨㄚˋ者ㄓㄜˇ稱ㄔㄥ呼ㄏㄨ另ㄌㄧㄥˋ一ㄧˋ個ㄍㄜˋ人ㄖㄣˊ，不ㄅㄨˊ是ㄕ自ㄗˋ己ㄐㄧˇ，也ㄧㄝˇ不ㄅㄨˊ是ㄕ聽ㄊㄧㄥ話ㄏㄨㄚˋ者ㄓㄜˇ。

「我ㄨㄛˇ們ㄇㄣ」包ㄅㄠ含ㄏㄢˊ自ㄗˋ己ㄐㄧˇ跟ㄍㄣ另ㄌㄧㄥˋ一ㄧˋ個ㄍㄜˋ人ㄖㄣˊ。

代名詞代表正在談論的人、事情、物體。

你說：「我想要那些」。那些用來代替蘋果。

「那」用來稱呼比較遠的人、事、物。

「這」用來稱呼眼前比較近的事物。

代名詞

這很燙

代名詞

這好吃

「什ㄕㄜˊㄇㄜ˙麼」用ㄩㄥˋ來ㄌㄞˊ代ㄉㄞˋ替ㄊㄧˋ不ㄅㄨˋ知ㄓ道ㄉㄠˋ的ㄉㄜ˙事ㄕˋ物ㄨˋ。

代ㄉㄞˋ名ㄇㄧㄥˊ詞ㄘˊ

你ㄋㄧˇ想ㄒㄧㄤˇ要ㄧㄠˋ什ㄕㄜˊ麼ㄇㄜ˙？

代ㄉㄞˋ名ㄇㄧㄥˊ詞ㄘˊ

你ㄋㄧˇ要ㄧㄠˋ買ㄇㄞˇ哪ㄋㄚˇ個ㄍㄜˋ？

練習十九

1. 「詞類」是什麼意思？

2. 什麼是「名詞」？

3. 什麼是「代名詞」？

形容詞

形容詞可以把人或物體的情況描述得更清楚。

例如：女孩。

長髮女孩
形容詞

女孩

小女孩
形容詞

空（ㄎㄨㄥ）的（ㄉㄜ）藍（ㄌㄢ）子（ㄗ）

形（ㄒㄧㄥ）容（ㄖㄨㄥ）詞

滿（ㄇㄢˇ）的（ㄉㄜ）藍（ㄌㄢ）子（ㄗ）

形（ㄒㄧㄥ）容（ㄖㄨㄥ）詞

籃（ㄌㄢ）子（ㄗ）

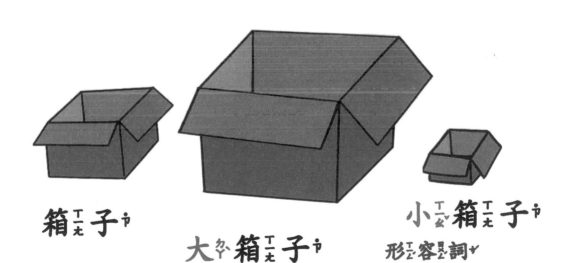

箱（ㄒㄧㄤ）子（ㄗ）

大（ㄉㄚˋ）箱（ㄒㄧㄤ）子（ㄗ）

形（ㄒㄧㄥ）容（ㄖㄨㄥ）詞

小（ㄒㄧㄠˇ）箱（ㄒㄧㄤ）子（ㄗ）

形（ㄒㄧㄥ）容（ㄖㄨㄥ）詞

名ㄇㄧㄥˊ詞ㄘˊ「襯ㄔㄣˋ衫ㄕㄢ」加ㄐㄧㄚ了ㄌㄜ形ㄒㄧㄥˊ容ㄖㄨㄥˊ詞ㄘˊ後ㄏㄡˋ，變ㄅㄧㄢˋ成ㄔㄥˊ：

藍ㄌㄢˊ色ㄙㄜˋ襯ㄔㄣˋ衫ㄕㄢ

形ㄒㄧㄥˊ容ㄖㄨㄥˊ詞ㄘˊ↙

舊ㄐㄧㄡˋ的ㄉㄜ襯ㄔㄣˋ衫ㄕㄢ

形ㄒㄧㄥˊ容ㄖㄨㄥˊ詞ㄘˊ↙

條ㄊㄧㄠˊ紋ㄨㄣˊ襯ㄔㄣˋ衫ㄕㄢ

形ㄒㄧㄥˊ容ㄖㄨㄥˊ詞ㄘˊ↙

新ㄒㄧㄣ的ㄉㄜ襯ㄔㄣˋ衫ㄕㄢ

形ㄒㄧㄥˊ容ㄖㄨㄥˊ詞ㄘˊ↙

昂_尢貴_{ㄍㄨㄟ}的_{ㄉㄜ}襯_{ㄔㄣ}衫_{ㄕㄢ}

形_{ㄒㄧㄥ}容_{ㄖㄨㄥ}詞_ㄘ

厚_{ㄏㄡ}棉_{ㄇㄧㄢ}襯_{ㄔㄣ}衫_{ㄕㄢ}

形_{ㄒㄧㄥ}容_{ㄖㄨㄥ}詞_ㄘ

只_ㄓ要_{ㄧㄠ}改_{ㄍㄞ}變_{ㄅㄧㄢ}形_{ㄒㄧㄥ}容_{ㄖㄨㄥ}詞_ㄘ，就_{ㄐㄧㄡ}可_{ㄎㄜ}以_ㄧ把_{ㄅㄚ}名_{ㄇㄧㄥ}詞_ㄘ「襯_{ㄔㄣ}衫_{ㄕㄢ}」修_{ㄒㄧㄡ}飾_ㄕ得_{ㄉㄜ}很_{ㄏㄣ}不_{ㄅㄨ}一_ㄧ樣_{ㄧㄤ}。

形_{ㄒㄧㄥ}容_{ㄖㄨㄥ}詞_ㄘ只_ㄓ能_{ㄋㄥ}修_{ㄒㄧㄡ}飾_ㄕ名_{ㄇㄧㄥ}詞_ㄘ或_{ㄏㄨㄛ}代_{ㄉㄞ}名_{ㄇㄧㄥ}詞_ㄘ。

形ㄒㄧㄥˊ容ㄖㄨㄥˊ詞ˊ修ㄒㄧㄡ飾ㄕˋ代ㄉㄞˋ名ㄇㄧㄥˊ詞ˊ。

我ㄨㄛˇ
代ㄉㄞˋ名ㄇㄧㄥˊ詞ˊ

生ㄕㄥ氣ㄑㄧˋ的ㄉㄜ˙我ㄨㄛˇ
形ㄒㄧㄥˊ容ㄖㄨㄥˊ詞ˊ

想ㄒㄧㄤˇ睡ㄕㄨㄟˋ的ㄉㄜ˙我ㄨㄛˇ
形ㄒㄧㄥˊ容ㄖㄨㄥˊ詞ˊ

大ㄉㄚˋ叫ㄐㄧㄠˋ的ㄉㄜ˙我ㄨㄛˇ
形ㄒㄧㄥˊ容ㄖㄨㄥˊ詞ˊ

開ㄎㄞ心ㄒㄧㄣ的ㄉㄜ˙我ㄨㄛˇ
形ㄒㄧㄥˊ容ㄖㄨㄥˊ詞ˊ

哭ㄎㄨ泣ㄑㄧˋ的ㄉㄜ˙我ㄨㄛˇ
形ㄒㄧㄥˊ容ㄖㄨㄥˊ詞ˊ

1. 「形容詞」是什麼意思？

2. 「形容詞」修飾什麼詞？

3. 在你身邊找出一個名詞，然後寫出一些可以修飾它的形容詞。

例如：紙。

白紙、黃紙、紅紙、藍紙⋯

動ㄉㄨㄥˋ詞ㄘˊ

動ㄉㄨㄥˋ詞ㄘˊ表ㄅㄧㄠˇ示ㄕˋ正ㄓㄥˋ在ㄗㄞˋ做ㄗㄨㄛˋ什ㄕˊ麼ㄇㄜ˙動ㄉㄨㄥˋ作ㄗㄨㄛˋ。

例ㄌㄧˋ如ㄖㄨˊ 「坐ㄗㄨㄛˋ」、「吃ㄔ」是ㄕˋ動ㄉㄨㄥˋ作ㄗㄨㄛˋ。

她ㄊㄚ 坐ㄗㄨㄛˋ。
　　動ㄉㄨㄥˋ詞ㄘˊ

她ㄊㄚ 吃ㄔ 蘋ㄆㄧㄥˊ果ㄍㄨㄛˇ。
　　動ㄉㄨㄥˋ詞ㄘˊ

「看_{ㄎㄢ}」、「剪_{ㄐㄧㄢ}」是_ㄕ動_{ㄉㄨㄥ}作_{ㄗㄨㄛ}。

他_{ㄊㄚ}看_{ㄎㄢ}樹_{ㄕㄨ}。
動_{ㄉㄨㄥ}詞_ㄘ

他_{ㄊㄚ}剪_{ㄐㄧㄢ}玫_{ㄇㄟ}瑰_{ㄍㄨㄟ}。
動_{ㄉㄨㄥ}詞_ㄘ

180

動ㄨˋ詞ˊ也ㄧㄝˇ表ㄅㄧㄠˇ示ㄕˋ某ㄇㄡˇ個ㄍㄜˋ人ㄖㄣˊ或ㄏㄨㄛˋ事ㄕˋ物ㄨˋ是ㄕˋ存ㄘㄨㄣˊ在ㄗㄞˋ的ㄉㄜˊ。

例ㄌㄧˋ如ㄖㄨˊ「有ㄧㄡˇ」。

她ㄊㄚ有ㄧㄡˇ新ㄒㄧㄣ衣ㄧ服ㄈㄨˊ。
動ㄨˋ詞ˊ

我ㄨㄛˇ有ㄧㄡˇ票ㄆㄧㄠˋ。
動ㄨˋ詞ˊ

動詞變名詞

主語一定是名詞。

動詞當主語的時候，動詞就變成了名詞。

例 運動幫助血液循環。
　　主語

例 運動可以減肥。
　　主語

例 我們一起運動吧。
　　　　　　主語

句子中，詞的位置改變，詞類就變了；這是國語文法的特點。

三種(ㄙㄢ)基(ㄐㄧ)本(ㄅㄣ)句(ㄐㄩ)型(ㄒㄧㄥ)

　　最(ㄗㄨㄟ)簡(ㄐㄧㄢ)單(ㄉㄢ)的(ㄉㄜ)句(ㄐㄩ)子(ㄗ)是(ㄕ)「主(ㄓㄨ)語(ㄩ)」加(ㄐㄧㄚ)「述(ㄕㄨ)語(ㄩ)」。

　　例(ㄌㄧ)如(ㄖㄨ)：「我(ㄨㄛ)跑(ㄆㄠ)。」或(ㄏㄨㄛ)「我(ㄨㄛ)跳(ㄊㄧㄠ)。」

我(ㄨㄛ) 跑(ㄆㄠ) 。
主(ㄓㄨ)語(ㄩ) 述(ㄕㄨ)語(ㄩ)

我(ㄨㄛ) 跳(ㄊㄧㄠ) 。
主(ㄓㄨ)語(ㄩ) 述(ㄕㄨ)語(ㄩ)

　　句(ㄐㄩ)子(ㄗ)中(ㄓㄨㄥ)，主(ㄓㄨ)語(ㄩ)的(ㄉㄜ)動(ㄉㄨㄥ)作(ㄗㄨㄛ)只(ㄓ)對(ㄉㄨㄟ)自(ㄗ)己(ㄐㄧ)產(ㄔㄢ)生(ㄕㄥ)影(ㄧㄥ)響(ㄒㄧㄤ)。

　　這(ㄓㄜ)種(ㄓㄨㄥ)句(ㄐㄩ)型(ㄒㄧㄥ)的(ㄉㄜ)述(ㄕㄨ)語(ㄩ)是(ㄕ)「**內(ㄋㄟ)動(ㄉㄨㄥ)詞(ㄘ)**」。

爸ㄅㄚˋ爸˙ㄅㄚ　睡ㄕㄨㄟˋ覺ㄐㄧㄠˋ。
主ㄓㄨˇ語ㄩˇ　　　內ㄋㄟˋ動ㄉㄨㄥˋ詞ㄘˊ

她ㄊㄚ　病ㄅㄧㄥˋ了ㄌㄜ˙　。
主ㄓㄨˇ語ㄩˇ　　內ㄋㄟˋ動ㄉㄨㄥˋ詞ㄘˊ

她（ㄊㄚ）　坐（ㄗㄨㄛˋ）。
主（ㄓㄨˇ）語（ㄩˇ）　內（ㄋㄟˋ）動（ㄉㄨㄥˋ）詞（ㄘˊ）

她（ㄊㄚ）　站（ㄓㄢˋ）。
主（ㄓㄨˇ）語（ㄩˇ）　內（ㄋㄟˋ）動（ㄉㄨㄥˋ）詞（ㄘˊ）

第（ㄉㄧˋ）一（ㄧ）種（ㄓㄨㄥˇ）句（ㄐㄩˋ）型（ㄒㄧㄥˊ），　述（ㄕㄨˋ）語（ㄩˇ）是（ㄕˋ）內（ㄋㄟˋ）動（ㄉㄨㄥˋ）詞（ㄘˊ）：

主（ㄓㄨˇ）語（ㄩˇ）　＋　述（ㄕㄨˋ）語（ㄩˇ）

主（ㄓㄨˇ）語（ㄩˇ）加（ㄐㄧㄚ）述（ㄕㄨˋ）語（ㄩˇ），句（ㄐㄩˋ）子（ㄗˇ）就（ㄐㄧㄡˋ）完（ㄨㄢˊ）成（ㄔㄥˊ）了（ㄌㄜ）。

有些句子不像「我跑。」這麼簡單。例如：「小明拿。」

看起來有**主語**，也有**述語**，意思卻表達得不完整。

小明到底「拿了什麼？」

小明 拿 ＿＿＿ ？
主語　　述語

　　如果句子中主語的動作會影響到另一個人或物體。

　　例如：「小明拿剪刀。」「拿」的動作會影響到「剪刀」。

小明　拿　剪刀　。
主語　　外動詞　　實語

　　這種句子，述語稱作「**外動詞**」。

　　外動詞後面一定有**實語**。例如「小明拿剪刀。」剪刀是「**實語**」。

外ㄨㄞˋ動ㄉㄨㄥˋ詞ㄘˊ：主ㄓㄨˇ語ㄩˇ的ㄉㄜ˙動ㄉㄨㄥˋ作ㄗㄨㄛˋ，對ㄉㄨㄟˋ另ㄌㄧㄥˋ一ㄧ個ㄍㄜˋ東ㄉㄨㄥ西ㄒㄧ產ㄔㄢˇ生ㄕㄥ了ㄌㄜ˙影ㄧㄥˇ響ㄒㄧㄤˇ。

實ㄕˊ語ㄩˇ：句ㄐㄩˋ子ㄗˇ中ㄓㄨㄥ承ㄔㄥˊ受ㄕㄡˋ主ㄓㄨˇ語ㄩˇ動ㄉㄨㄥˋ作ㄗㄨㄛˋ的ㄉㄜ˙人ㄖㄣˊ、事ㄕˋ、物ㄨˋ。

小ㄒㄧㄠˇ明ㄇㄧㄥˊ 釣ㄉㄧㄠˋ 魚ㄩˊ 。

主ㄓㄨˇ語ㄩˇ　　外ㄨㄞˋ動ㄉㄨㄥˋ詞ㄘˊ　實ㄅㄧㄣ語ㄩˇ

第ㄉㄧˋ二ㄦˋ種ㄓㄨㄥˇ句ㄐㄩˋ型ㄒㄧㄥˊ， 述ㄕㄨˋ語ㄩˇ是ㄕˋ外ㄨㄞˋ動ㄉㄨㄥˋ詞ㄘˊ：

主ㄓㄨˇ語ㄩˇ ＋ 述ㄕㄨˋ語ㄩˇ → 賓ㄅㄧㄣ語ㄩˇ

她_{ㄊㄚ} 吃_ㄔ 蘋_{ㄆㄧㄥ}果_{ㄍㄨㄛ}。

主_{ㄓㄨ}語_ㄩ　外_{ㄨㄞ}動_{ㄉㄨㄥ}詞_ㄘ　　賓_{ㄅㄧㄣ}語_ㄩ

他_{ㄊㄚ} 剪_{ㄐㄧㄢ} 玫_{ㄇㄟ}瑰_{ㄍㄨㄟ}。

主_{ㄓㄨ}語_ㄩ　外_{ㄨㄞ}動_{ㄉㄨㄥ}詞_ㄘ　　賓_{ㄅㄧㄣ}語_ㄩ

他們　下　西洋棋　。
主語　　外動詞　　　賓語

小美　揮舞　旗子　。
主語　　外動詞　　賓語

如ㄖㄨˊ何ㄏㄜˊ分ㄈㄣ辨ㄅㄧㄢˋ內ㄋㄟˋ動ㄉㄨㄥˋ詞ㄘˊ或ㄏㄨㄛˋ外ㄨㄞˋ動ㄉㄨㄥˋ詞ㄘˊ？

有ㄧㄡˇ「賓ㄅㄧㄣ語ㄩˇ」，就ㄐㄧㄡˋ是ㄕˋ外ㄨㄞˋ動ㄉㄨㄥˋ詞ㄘˊ。

他ㄊㄚ 笑ㄒㄧㄠˋ了˙ㄌㄜ 。

主ㄓㄨˇ語ㄩˇ 內ㄋㄟˋ動ㄉㄨㄥˋ詞ㄘˊ

他ㄊㄚ 看ㄎㄢˋ書ㄕㄨ 。

主ㄓㄨˇ語ㄩˇ 外ㄨㄞˋ動ㄉㄨㄥˋ詞ㄘˊ 賓ㄅㄧㄣ語ㄩˇ

沒ㄇㄟˊ有ㄧㄡˇ賓ㄅㄧㄣ語ㄩˇ，
是ㄕˋ內ㄋㄟˋ動ㄉㄨㄥˋ詞ㄘˊ。

有ㄧㄡˇ賓ㄅㄧㄣ語ㄩˇ，
是ㄕˋ外ㄨㄞˋ動ㄉㄨㄥˋ詞ㄘˊ。

英ㄧㄥ文ㄨㄣˊ的˙ㄉㄜ及ㄐㄧˊ物ㄨˋ動ㄉㄨㄥˋ詞ㄘˊ跟ㄍㄣ外ㄨㄞˋ動ㄉㄨㄥˋ詞ㄘˊ很ㄏㄣˇ類ㄌㄟˋ似ㄙˋ。「及ㄐㄧˊ」有ㄧㄡˇ「到ㄉㄠˋ達ㄉㄚˊ」的˙ㄉㄜ意ㄧˋ思˙ㄙ，及ㄐㄧˊ物ㄨˋ動ㄉㄨㄥˋ詞ㄘˊ表ㄅㄧㄠˇ示ㄕˋ動ㄉㄨㄥˋ作ㄗㄨㄛˋ會ㄏㄨㄟˋ影ㄧㄥˇ響ㄒㄧㄤˇ到ㄉㄠˋ另ㄌㄧㄥˋ一ㄧ個ㄍㄜˋ人ㄖㄣˊ或ㄏㄨㄛˋ物ㄨˋ體ㄊㄧˇ。

有一種句子不是描述主體的動作而是描述人、事、物的狀態。

例如：「她是母親。」因為「是」不是動詞，卻跟動詞有相同的作用，所以稱這種述語叫做「同動詞」。

她　是　母親　。
主語　同動詞　補足語

描述「它是什麼？是一種怎麼樣的狀況？屬於什麼種類？包含什麼？」的句子，這種句子的述語都是同動詞。

安ㄢ妮ㄋㄧˊ 是ㄕˋ 老ㄌㄠˇ師ㄕ 。
主ㄓㄨˇ語ㄩˇ 同ㄊㄨㄥˊ動ㄉㄨㄥˋ詞ㄘˊ 補ㄅㄨˇ足ㄗㄨˊ語ㄩˇ

他ㄊㄚ們ㄇㄣ 是ㄕˋ 學ㄒㄩㄝˊ生ㄕㄥ 。
主ㄓㄨˇ語ㄩˇ 同ㄊㄨㄥˊ動ㄉㄨㄥˋ詞ㄘˊ 補ㄅㄨˇ足ㄗㄨˊ語ㄩˇ

同ㄊㄨㄥˊ動ㄉㄨㄥˋ詞ㄘˊ「是ㄕˋ」後ㄏㄡˋ面ㄇㄧㄢˋ必ㄅㄧˋ須ㄒㄩ有ㄧㄡˇ「補ㄅㄨˇ足ㄗㄨˊ語ㄩˇ」來ㄌㄞˊ補ㄅㄨˇ充ㄔㄨㄥ說ㄕㄨㄛ明ㄇㄧㄥˊ主ㄓㄨˇ語ㄩˇ。

「補ㄅㄨˇ足ㄗㄨˊ語ㄩˇ」是ㄕˋ述ㄕㄨˋ語ㄩˇ的ㄉㄜ「連ㄌㄧㄢˊ帶ㄉㄞˋ成ㄔㄥˊ分ㄈㄣ」，跟ㄍㄣ述ㄕㄨˋ語ㄩˇ一ㄧ起ㄑㄧˇ來ㄌㄞˊ補ㄅㄨˇ充ㄔㄨㄥ說ㄕㄨㄛ明ㄇㄧㄥˊ主ㄓㄨˇ語ㄩˇ。

太陽ㄊㄞˋㄧㄤˊ 似ㄙˋ 火ㄏㄨㄛˇ 。

主語ㄓㄨˇㄩˇ 　同動詞ㄊㄥˊㄉㄨㄥˋㄘˊ 補足語ㄅㄨˇㄗㄨˊㄩˇ

植物ㄓˊㄨˋ 含有ㄏㄢˊㄧㄡˇ 水分ㄕㄨㄟˇㄈㄣˋ 。

主語ㄓㄨˇㄩˇ 　同動詞ㄊㄥˊㄉㄨㄥˋㄘˊ 　補足語ㄅㄨˇㄗㄨˊㄩˇ

她ㄊㄚ 是ㄕ 貓ㄇㄠ 的ㄉㄜ 主ㄓㄨ 人ㄖㄣ 。
主ㄓㄨ語ㄩˇ　同ㄊㄨㄥˊ動ㄉㄨㄥˋ語ㄩˇ　　補ㄅㄨˇ足ㄗㄨˊ語ㄩˇ

他ㄊㄚ 不ㄅㄨˋ是ㄕ 地ㄉㄧˋ球ㄑㄧㄡˊ人ㄖㄣ 。
主ㄓㄨ語ㄩˇ　同ㄊㄨㄥˊ動ㄉㄨㄥˋ詞ㄘˊ　　補ㄅㄨˇ足ㄗㄨˊ語ㄩˇ

第ㄉㄧˋ三ㄙㄢ種ㄓㄨˇ句ㄐㄩˋ型ㄒㄧㄥˊ，　述ㄕㄨˋ語ㄩˇ是ㄕ同ㄊㄨㄥˊ動ㄉㄨㄥˋ詞ㄘˊ：

主ㄓㄨ語ㄩˇ ＋ 述ㄕㄨˋ語ㄩˇ ＋ 補ㄅㄨˇ足ㄗㄨˊ語ㄩˇ

三種基本句型：

一、 主語＋述語

- 述語是內動詞。

二、 主語＋述語＋賓語

- 述語是外動詞。

三、 主語｜述語｜補足語

- 述語是同動詞。

如何看懂句子？

1. 先找出句子的「主語」。

2. 再找出主語在做什麼？是什麼？怎麼樣了？

   就可以找到「述語」。

   只要能夠分辨三種基本的句型，就大約可以看懂百分之七十的句子了。

   了解句子，就可以抓到句子的重點。

還有一種同動詞，是形容詞被當成述語用。例如：他的臉紅了。

「紅」本來是形容詞，但是在這句話中「紅了」是述語。

他的臉　紅了　。
　主語　　　述語

為什麼叫做「同動詞」呢？因為它本來不是動詞，卻具有跟「動詞」相同的功能。

衣ー服ㄈㄨˊ 髒ㄗㄤ 了˙ㄌㄜ 。
主ㄓㄨˇ語ㄩˇ　　同ㄊㄨㄥˊ動ㄉㄨㄥˋ詞ㄘˊ

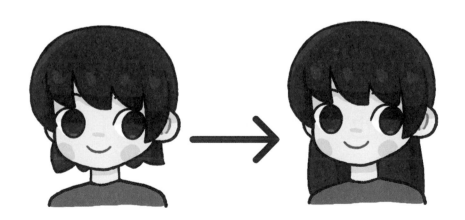

頭ㄊㄡˊ髮ㄈㄚˇ 長ㄔㄤˊ 了˙ㄌㄜ 。
主ㄓㄨˇ語ㄩˇ　　同ㄊㄨㄥˊ動ㄉㄨㄥˋ詞ㄘˊ

1. 「內動詞」是什麼？

2. 「外動詞」是什麼？

3. 「賓語」是什麼？

4. 「補足語」是什麼？

更《ㄥ多ㄉㄨㄛ的ㄉㄜ詞ㄘ類ㄌㄟ

「修ㄒㄧㄡ飾ㄕ」是ㄕ「整ㄓㄥ理ㄌㄧ裝ㄓㄨㄤ飾ㄕ」的ㄉㄜ意ㄧ思ㄙ。

使ㄕ用ㄩㄥ不ㄅㄨ同ㄊㄨㄥ的ㄉㄜ花ㄏㄨㄚ樣ㄧㄤ來ㄌㄞ裝ㄓㄨㄤ飾ㄕ白ㄅㄞ紙ㄓ，白ㄅㄞ紙ㄓ會ㄏㄨㄟ變ㄅㄧㄢ成ㄔㄥ不ㄅㄨ同ㄊㄨㄥ的ㄉㄜ樣ㄧㄤ子ㄗ。

  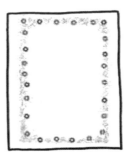 

白ㄅㄞ紙ㄓ　　花ㄏㄨㄚ紋ㄨㄣ一ㄧ　　花ㄏㄨㄚ紋ㄨㄣ二ㄦ　　花ㄏㄨㄚ紋ㄨㄣ三ㄙㄢ

句ㄐㄩ子ㄗ也ㄧㄝ是ㄕ一ㄧ樣ㄧㄤ。

簡ㄐㄧㄢ單ㄉㄢ的ㄉㄜ句ㄐㄩ子ㄗ只ㄓ需ㄒㄩ要ㄧㄠ**主ㄓㄨ語ㄩ**和ㄏㄜ**述ㄕㄨ語ㄩ**。如ㄖㄨ果ㄍㄨㄛ想ㄒㄧㄤ弄ㄋㄨㄥ懂ㄉㄨㄥ複ㄈㄨ雜ㄗㄚ一ㄧ點ㄉㄧㄢ的ㄉㄜ句ㄐㄩ子ㄗ，就ㄐㄧㄡ需ㄒㄩ要ㄧㄠ知ㄓ道ㄉㄠ附ㄈㄨ加ㄐㄧㄚ成ㄔㄥ分ㄈㄣ。

剩ㄕㄥ下ㄒㄧㄚ的ㄉㄜ五ㄨ種ㄓㄨㄥ詞ㄘ類ㄌㄟ是ㄕ屬ㄕㄨ於ㄩ句ㄐㄩ子ㄗ的ㄉㄜ附ㄈㄨ加ㄐㄧㄚ成ㄔㄥ分ㄈㄣ。

副詞

　　副詞是一種修飾詞，用來修飾動詞、形容詞與副詞。

　　有人說副詞是限制詞，描述第二張白紙被限制在「腳印圖樣」，第三張白紙被限制在「花朵圖樣」，第四張白紙被限制在「樹葉圖樣」。

 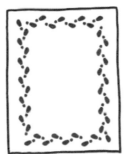 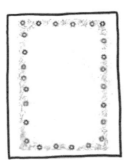 

白紙　　　　腳印圖樣　　　花朵圖樣　　　樹葉圖樣

　　不管是「修飾」或「限制」，「副詞」就是用來修飾人、事情、物體的動作、程度、性質、時間、位置等。

副ㄈㄨˋ詞ㄘˊ「上ㄕㄤˋ」跟ㄍㄣ「下ㄒㄧㄚˋ」修ㄒㄧㄡ飾ㄕˋ動ㄉㄨㄥˋ詞ㄘˊ「看ㄎㄢˋ」。

她ㄊㄚ看ㄎㄢˋ。
動ㄉㄨㄥˋ詞ㄘˊ

她ㄊㄚ上ㄕㄤˋ看ㄎㄢˋ。
副ㄈㄨˋ詞ㄘˊ

她ㄊㄚ下ㄒㄧㄚˋ看ㄎㄢˋ。
副ㄈㄨˋ詞ㄘˊ

副ㄈㄨˋ詞ㄘˊ可ㄎㄜˇ以ㄧˇ修ㄒㄧㄡ飾ㄕˋ動ㄉㄨㄥˋ詞ㄘˊ「走ㄗㄡˇ」：

快ㄎㄨㄞˋ步ㄅㄨˋ走ㄗㄡˇ。

副ㄈㄨˋ詞ㄘˊ

緩ㄏㄨㄢˇ慢ㄇㄢˋ走ㄗㄡˇ。

副ㄈㄨˋ詞ㄘˊ

悄ㄑㄧㄠˇ悄ㄑㄧㄠˇ走ㄗㄡˇ。

副ㄈㄨˋ詞ㄘˊ

輕ㄑㄧㄥ快ㄎㄨㄞˋ走ㄗㄡˇ。

副ㄈㄨˋ詞ㄘˊ

副_{ㄈㄨ}詞_ㄘ可_{ㄎㄜ}以_ㄧ修_{ㄒㄧㄡ}飾_ㄕ「動_{ㄉㄨㄥ}作_{ㄗㄨㄛ}」，例_{ㄌㄧ}如_{ㄖㄨ}：

揮_{ㄏㄨㄟ}手_{ㄕㄡ}

快_{ㄎㄨㄞ}速_{ㄙㄨ}揮_{ㄏㄨㄟ}手_{ㄕㄡ}

副_{ㄈㄨ}詞_ㄘ+

投_{ㄊㄡ}籃_{ㄌㄢ}

精_{ㄐㄧㄥ}準_{ㄓㄨㄣ}投_{ㄊㄡ}籃_{ㄌㄢ}

副_{ㄈㄨ}詞_ㄘ+

副ㄈㄨˋ詞ㄘˊ可ㄎㄜˇ以ㄧˇ修ㄒㄧㄡ飾ㄕˋ「程ㄔㄥˊ度ㄉㄨˋ」，例ㄌㄧˋ如ㄖㄨˊ：

高ㄍㄠ興ㄒㄧㄥ

非ㄈㄟ常ㄔㄤˊ高ㄍㄠ興ㄒㄧㄥ
副ㄈㄨˋ詞ㄘˊ

平ㄆㄧㄥˊ穩ㄨㄣˇ

十ㄕˊ分ㄈㄣ平ㄆㄧㄥˊ穩ㄨㄣˇ
副ㄈㄨˋ詞ㄘˊ

副ㄈㄨˋ詞ㄘˊ可ㄎㄜˇ以ˇ修ㄒㄧㄡ飾ㄕˋ「性ㄒㄧㄥˋ質ㄓˋ」，例ㄌㄧˋ如ㄖㄨˊ：

酸ㄙㄨㄢ

很ㄏㄣˇ酸ㄙㄨㄢ
副ㄈㄨˋ詞ㄘˊ

如ㄖㄨˊ此ㄘˇ地ㄉㄧ˙酸ㄙㄨㄢ
副ㄈㄨˋ詞ㄘˊ

熱ㄖㄜˋ

極ㄐㄧˊ熱ㄖㄜˋ
副ㄈㄨˋ詞ㄘˊ

受ㄕㄡˋ不ㄅㄨˋ了ㄌㄧㄠˇ地ㄉㄧ˙熱ㄖㄜˋ
副ㄈㄨˋ詞ㄘˊ

副詞可以修飾「時間」，例如：

公車來晚了。
　　　　副詞

我來早了。
　　副詞

他們剛剛出門。
　　　副詞

爸爸已經回家。
　　　副詞

中文的副詞非常多，這裡只列出幾個常見的例子。

副ㄈㄨˋ詞ㄘˊ可ㄎㄜˇ以ㄧˇ修ㄒㄧㄡ飾ㄕˋ「方ㄈㄤ向ㄒㄧㄤˋ或ㄏㄨㄛˋ位ㄨㄟˋ置ㄓˋ」，

例ㄌㄧˋ如ㄖㄨˊ：

他ㄊㄚ左ㄗㄨㄛˇ看ㄎㄢˋ右ㄧㄡˋ看ㄎㄢˋ。

　　副ㄈㄨˋ詞ㄘˊ　　副ㄈㄨˋ詞ㄘˊ

請ㄑㄧㄥˇ後ㄏㄡˋ退ㄊㄨㄟˋ一ㄧˊ步ㄅㄨˋ。

　　副ㄈㄨˋ詞ㄘˊ

爸ㄅㄚˋ爸ㄅㄚ˙前ㄑㄧㄢˊ頭ㄊㄡˊ走ㄗㄡˇ，

　　　副ㄈㄨˋ詞ㄘˊ

我ㄨㄛˇ後ㄏㄡˋ頭ㄊㄡˊ跟ㄍㄣ著ㄓㄜˋ。

　　副ㄈㄨˋ詞ㄘˊ

副ㄈㄨˋ詞ㄘˊ可ㄎㄜˇ以ㄧˇ修ㄒㄧㄡ飾ㄕˋ「形ㄒㄧㄥˊ容ㄖㄨㄥˊ詞ㄘˊ」，例ㄌㄧˋ如ㄖㄨˊ：

這ㄓㄜˋ是ㄕˋ一ㄧ棵ㄎㄜ大ㄉㄚˋ樹ㄕㄨˋ。

形ㄒㄧㄥˊ容ㄖㄨㄥˊ詞ㄘˊ

這ㄓㄜˋ是ㄕˋ一ㄧ棵ㄎㄜ非ㄈㄟ常ㄔㄤˊ大ㄉㄚˋ的ㄉㄜ樹ㄕㄨˋ。

副ㄈㄨˋ詞ㄘˊ　形ㄒㄧㄥˊ容ㄖㄨㄥˊ詞ㄘˊ

介ㄐㄧㄝˋ詞ㄘˊ

介ㄐㄧㄝˋ詞ㄘˊ把ㄅㄚˇ「名ㄇㄧㄥˊ詞ㄘˊ」、「代ㄉㄞˋ名ㄇㄧㄥˊ詞ㄘˊ」介ㄐㄧㄝˋ紹ㄕㄠˋ給ㄍㄟˇ述ㄕㄨˋ語ㄩˇ，表ㄅㄠˇ明ㄇㄧㄥˊ時ㄕˊ間ㄐㄧㄢ、位ㄨㄟˋ置ㄓˋ、方ㄈㄤ法ㄈㄚˇ和ㄏㄜˊ原ㄩㄢˊ因ㄧㄣ等ㄉㄥˇ。例ㄌㄧˋ如ㄖㄨˊ：

「從ㄘㄨㄥˊ」是ㄕˋ介ㄐㄧㄝˋ詞ㄘˊ，介ㄐㄧㄝˋ紹ㄕㄠˋ東ㄉㄨㄥˉ方ㄈㄤ（名ㄇㄧㄥˊ詞ㄘˊ），表ㄅㄠˇ示ㄕˋ太ㄊㄞˋ陽ㄧㄤˊ出ㄔㄨ來ㄌㄞˊ的ㄉㄜ˙位ㄨㄟˋ置ㄓˋ。

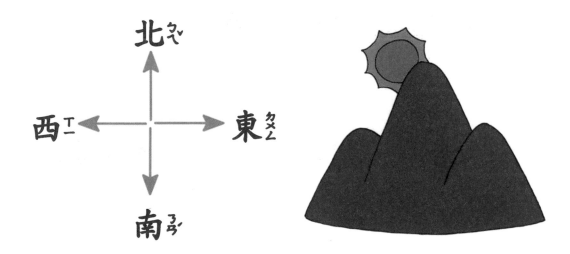

工ㄍㄨㄥ 人ㄖㄣˊ 造ㄗㄠˋ 橋ㄑㄧㄠˊ。
主ㄓㄨˇ語ㄩˇ 　　 述ㄕㄨˋ語ㄩˇ 　賓ㄅㄧㄣ語ㄩˇ

工ㄍㄨㄥ 人ㄖㄣˊ 用ㄩㄥˋ 鋼ㄍㄤ鐵ㄊㄧㄝˇ 造ㄗㄠˋ 橋ㄑㄧㄠˊ。
主ㄓㄨˇ語ㄩˇ 　介ㄐㄧㄝˋ詞ㄘ 　　　　 述ㄕㄨˋ語ㄩˇ 賓ㄅㄧㄣ語ㄩˇ

「用ㄩㄥˋ」是ㄕˋ介ㄐㄧㄝˋ詞ㄘˊ，介ㄐㄧㄝˋ紹ㄕㄠˋ鋼ㄍㄤ鐵ㄊㄧㄝˇ(名ㄇㄧㄥˊ詞ㄘˊ)，表ㄅㄧㄠˇ示ㄕˋ工ㄍㄨㄥ人ㄖㄣˊ造ㄗㄠˋ橋ㄑㄧㄠˊ的ㄉㄜ做ㄗㄨㄛˋ法ㄈㄚˇ。

介ㄐㄧㄝˋ詞ㄘˊ有ㄧㄡˇ很ㄏㄣˇ多ㄉㄨㄛ，這ㄓㄜˋ裡ㄌㄧˇ只ㄓˇ列ㄌㄧㄝˋ出ㄔㄨ幾ㄐㄧˇ個ㄍㄜˋ常ㄔㄤˊ見ㄐㄧㄢˋ的ㄉㄜ例ㄌㄧˋ子ㄗˇ。

媽ㄇㄚ媽ㄇㄚ　　白ㄅㄞ了ㄌㄜ頭ㄊㄡ髮ㄈㄚ。
主ㄓㄨ語ㄩˇ　　　　述ㄕㄨˋ語ㄩˇ　實ㄕˊ語ㄩˇ

媽ㄇㄚ媽ㄇㄚ為ㄨㄟˋ兒ㄦ子ㄗ白ㄅㄞ了ㄌㄜ頭ㄊㄡ髮ㄈㄚ。
主ㄓㄨ語ㄩˇ　介ㄐㄧㄝˋ詞ㄘ　　　　　述ㄕㄨˋ語ㄩˇ　實ㄕˊ語ㄩˇ

　　「為ㄨㄟˋ」是ㄕˋ介ㄐㄧㄝˋ詞ㄘ，介ㄐㄧㄝˋ紹ㄕㄠˋ白ㄅㄞ頭ㄊㄡ髮ㄈㄚ的ㄉㄜ原ㄩㄢ因ㄧㄣ是ㄕˋ兒ㄦ子ㄗ（名ㄇㄧㄥˊ詞ㄘ）。

他ㄊㄚ們ㄇㄣ 跑ㄆㄠ。
主ㄓㄨ語ㄩˇ 　 述ㄕㄨˋ語ㄩˇ

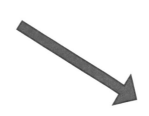

他ㄊㄚ們ㄇㄣ 在ㄗㄞˋ 籃ㄌㄢˊ球ㄑㄧㄡˊ場ㄔㄤˊ 上ㄕㄤˋ 跑ㄆㄠ。
主ㄓㄨ語ㄩˇ 　 介ㄐㄧㄝˋ詞ㄘˊ 　 　 　 　 　 　 述ㄕㄨˋ語ㄩˇ

「在ㄗㄞˋ」是ㄕˋ介ㄐㄧㄝˋ詞ㄘˊ，介ㄐㄧㄝˋ紹ㄕㄠˋ跑ㄆㄠ的ㄉㄜ地ㄉㄧˋ點ㄉㄧㄢˇ是ㄕˋ
籃ㄌㄢˊ球ㄑㄧㄡˊ場ㄔㄤˊ(名ㄇㄧㄥˊ詞ㄘˊ)。

她ㄊㄚ 高ㄍㄠ 。
主ㄓㄨˇ語ㄩˇ 述ㄕㄨˋ語ㄩˇ

她ㄊㄚ 比ㄅㄧˇ 妹ㄇㄟˋ妹ㄇㄟˋ 高ㄍㄠ 。
主ㄓㄨˇ語ㄩˇ 介ㄐㄧㄝˋ詞ㄘˊ 述ㄕㄨˋ語ㄩˇ

「比ㄅㄧˇ」是ㄕˋ介ㄐㄧㄝˋ詞ㄘˊ，介ㄐㄧㄝˋ紹ㄕㄠˋ她ㄊㄚ比ㄅㄧˇ妹ㄇㄟˋ妹ㄇㄟˋ（名ㄇㄧㄥˊ詞ㄘˊ）高ㄍㄠ。

1. 「副詞」是一種什麼詞？「副詞」用來修飾什麼詞？

2. 「副詞」是什麼意思？

3. 「介詞」把名詞、代名詞介紹給什麼？

4. 這句話「我從山中來」。介詞是哪一個？（請圈選）

　　從　　　來

助ㄓㄨ詞ㄘ

　　助ㄓㄨ詞ㄘ用ㄩㄥ來ㄌㄞ表ㄅㄧㄠ示ㄕ句ㄐㄩ子ㄗ的ㄉㄜ語ㄩ氣ㄑㄧ，或ㄏㄨㄛ是ㄕ放ㄈㄤ在ㄗㄞ停ㄊㄧㄥ頓ㄉㄨㄣ的ㄉㄜ地ㄉㄧ方ㄈㄤ。也ㄧㄝ叫ㄐㄧㄠ做ㄗㄨㄛ語ㄩ氣ㄑㄧ助ㄓㄨ詞ㄘ或ㄏㄨㄛ語ㄩ助ㄓㄨ詞ㄘ。

　　表ㄅㄧㄠ示ㄕ語ㄩ氣ㄑㄧ的ㄉㄜ時ㄕ候ㄏㄡ，助ㄓㄨ詞ㄘ放ㄈㄤ在ㄗㄞ句ㄐㄩ子ㄗ的ㄉㄜ最ㄗㄨㄟ後ㄏㄡ面ㄇㄧㄢ。

　　表ㄅㄧㄠ示ㄕ停ㄊㄧㄥ頓ㄉㄨㄣ的ㄉㄜ時ㄕ候ㄏㄡ，助ㄓㄨ詞ㄘ放ㄈㄤ在ㄗㄞ句ㄐㄩ子ㄗ的ㄉㄜ中ㄓㄨㄥ間ㄐㄧㄢ。

　　助ㄓㄨ詞ㄘ很ㄏㄣ常ㄔㄤ見ㄐㄧㄢ，但ㄉㄢ是ㄕ句ㄐㄩ子ㄗ不ㄅㄨ一ㄧ定ㄉㄧㄥ要ㄧㄠ有ㄧㄡ助ㄓㄨ詞ㄘ。這ㄓㄜ裡ㄌㄧ只ㄓ列ㄌㄧㄝ出ㄔㄨ幾ㄐㄧ個ㄍㄜ常ㄔㄤ見ㄐㄧㄢ的ㄉㄜ助ㄓㄨ詞ㄘ。

了ㄌㄜ

「了ㄌㄜ」字ㄗ表ㄅㄧㄠ示ㄕ「**結ㄐㄧㄝ束ㄕㄨ的ㄉㄜ語ㄩ氣ㄑㄧ**」。放ㄈㄤ在ㄗㄞ句ㄐㄩ子ㄗ最ㄗㄨㄟ後ㄏㄡ面ㄇㄧㄢ或ㄏㄨㄛ中ㄓㄨㄥ間ㄐㄧㄢ停ㄊㄧㄥ頓ㄉㄨㄣ的ㄉㄜ地ㄉㄧ方ㄈㄤ。

好ㄏㄠ了ㄌㄜ。

別ㄅㄧㄝ哭ㄎㄨ了ㄌㄜ。

我ㄨㄛ們ㄇㄣ到ㄉㄠ了ㄌㄜ。

這ㄓㄜ件ㄐㄧㄢ事ㄕ我ㄨㄛ不ㄅㄨ管ㄍㄨㄢ了ㄌㄜ。

行ㄒㄧㄥ了ㄌㄜ。這ㄓㄜ件ㄐㄧㄢ事ㄕ就ㄐㄧㄡ這ㄓㄜ麼ㄇㄜ決ㄐㄩㄝ定ㄉㄧㄥ了ㄌㄜ。

我ㄨㄛ最ㄗㄨㄟ討ㄊㄠ厭ㄧㄢ蒼ㄘㄤ蠅ㄧㄥ了ㄌㄜ。

的ㄉㄜ˙

　　「的ㄉㄜ˙」字ㄗˋ表ㄅㄧㄠˇ示ㄕˋ「肯ㄎㄣˇ定ㄉㄧㄥˋ或ㄏㄨㄛˋ加ㄐㄧㄚ強ㄑㄧㄤˊ的ㄉㄜ˙語ㄩˇ氣ㄑㄧˋ」。放ㄈㄤˋ在ㄗㄞˋ句ㄐㄩˋ子ㄗ˙最ㄗㄨㄟˋ後ㄏㄡˋ面ㄇㄧㄢˋ。

　　是ㄕˋ的ㄉㄜ˙。

　　放ㄈㄤˋ心ㄒㄧㄣ，我ㄨㄛˇ們ㄇㄣ˙會ㄏㄨㄟˋ照ㄓㄠˋ顧ㄍㄨˋ你ㄋㄧˇ的ㄉㄜ˙。

　　她ㄊㄚ剛ㄍㄤ剛ㄍㄤ還ㄏㄞˊ在ㄗㄞˋ這ㄓㄜˋ裡ㄌㄧˇ的ㄉㄜ˙。

　　媽ㄇㄚ媽ㄇㄚ˙叫ㄐㄧㄠˋ我ㄨㄛˇ不ㄅㄨˊ要ㄧㄠˋ去ㄑㄩˋ的ㄉㄜ˙。

　　他ㄊㄚ跟ㄍㄣ你ㄋㄧˇ開ㄎㄞ玩ㄨㄢˊ笑ㄒㄧㄠˋ的ㄉㄜ˙。

　　破ㄆㄛˋ壞ㄏㄨㄞˋ書ㄕㄨ本ㄅㄣˇ是ㄕˋ不ㄅㄨˋ可ㄎㄜˇ以ㄧˇ的ㄉㄜ˙。

呢ㄋㄜ

「呢ㄋㄜ」字ㄗ用ㄩㄥ來ㄌㄞ加ㄐㄚ強ㄑㄧㄤ語ㄩˇ氣ㄑㄧˋ中ㄓㄨㄥ確ㄑㄩㄝˋ定ㄉㄧㄥˋ的ㄉㄜ感ㄍㄢˇ覺ㄐㄩㄝ。放ㄈㄤˋ在ㄗㄞˋ句ㄐㄩˋ子ㄗ最ㄗㄨㄟˋ後ㄏㄡˋ面ㄇㄧㄢ。

看ㄎㄢˋ！是ㄕˋ螢ㄧㄥˊ火ㄏㄨㄛˇ蟲ㄔㄨㄥˊ呢ㄋㄜ。

小ㄒㄧㄠˇ白ㄅㄞˊ兔ㄊㄨˋ正ㄓㄥˋ在ㄗㄞˋ吃ㄔ紅ㄏㄨㄥˊ蘿ㄌㄨㄛˊ蔔ㄅㄛ呢ㄋㄜ。

外ㄨㄞˋ面ㄇㄧㄢˋ正ㄓㄥˋ下ㄒㄧㄚ雨ㄩˇ呢ㄋㄜ。

我ㄨㄛˇ最ㄗㄨㄟˋ喜ㄒㄧˇ歡ㄏㄨㄢ草ㄘㄠˇ莓ㄇㄟˊ蛋ㄉㄢˋ糕ㄍㄠ呢ㄋㄜ。

寶ㄅㄠˇ寶ㄅㄠ玩ㄨㄢˊ得ㄉㄜ正ㄓㄥˋ開ㄎㄞ心ㄒㄧㄣ呢ㄋㄜ。

嗎ㄇㄚ

「嗎ㄇㄚ」字ㄗ˙表ㄅㄧㄠˇ示ㄕˋ「疑ㄧˊ問ㄨㄣˋ的ㄉㄜ˙語ㄩˇ氣ㄑㄧˋ」。

你ㄋㄧˇ吃ㄔ飯ㄈㄢˋ了ㄌㄜ˙嗎ㄇㄚ？

你ㄋㄧˇ知ㄓ道ㄉㄠˋ龜ㄍㄨㄟ兔ㄊㄨˋ賽ㄙㄞˋ跑ㄆㄠˇ的ㄉㄜ˙故ㄍㄨˋ事ㄕˋ嗎ㄇㄚ？

大ㄉㄚˋ家ㄐㄧㄚ都ㄉㄡ到ㄉㄠˋ齊ㄑㄧˊ了ㄌㄜ˙嗎ㄇㄚ？

昨ㄗㄨㄛˊ天ㄊㄧㄢ是ㄕˋ你ㄋㄧˇ的ㄉㄜ˙生ㄕㄥ日ㄖˋ嗎ㄇㄚ？

你ㄋㄧˇ喜ㄒㄧˇ歡ㄏㄨㄢ巧ㄑㄧㄠˇ克ㄎㄜˋ力ㄌㄧˋ麵ㄇㄧㄢˋ包ㄅㄠ嗎ㄇㄚ？

吧ㄅㄚ

　　「吧ㄅㄚ」字ㄗˋ有ㄧㄡˇ「不ㄅㄨˋ確ㄑㄩㄝˋ定ㄉㄧㄥˋ、遲ㄔˊ疑ㄧˊ的ㄉㄜ˙語ㄩˇ氣ㄑㄧˋ」，常ㄔㄤˊ跟ㄍㄣ驚ㄐㄧㄥ嘆ㄊㄢˋ號ㄏㄠˋ一一起ㄑㄧˇ用ㄩㄥˋ，希ㄒㄧ望ㄨㄤˋ某ㄇㄡˇ件ㄐㄧㄢˋ事ㄕˋ情ㄑㄧㄥˊ會ㄏㄨㄟˋ發ㄈㄚ生ㄕㄥ。

　不ㄅㄨˋ確ㄑㄩㄝˋ定ㄉㄧㄥˋ、遲ㄔˊ疑ㄧˊ的ㄉㄜ˙語ㄩˇ氣ㄑㄧˋ：

　　明ㄇㄧㄥˊ天ㄊㄧㄢ應ㄧㄥ該ㄍㄞ不ㄅㄨˋ會ㄏㄨㄟˋ下ㄒㄧㄚˋ雨ㄩˇ吧ㄅㄚ！

　　媽ㄇㄚ媽ㄇㄚ˙快ㄎㄨㄞˋ回ㄏㄨㄟˊ來ㄌㄞˊ了ㄌㄜ˙吧ㄅㄚ！

　希ㄒㄧ望ㄨㄤˋ某ㄇㄡˇ件ㄐㄧㄢˋ事ㄕˋ情ㄑㄧㄥˊ發ㄈㄚ生ㄕㄥ的ㄉㄜ˙語ㄩˇ氣ㄑㄧˋ：

　　請ㄑㄧㄥˇ幫ㄅㄤ幫ㄅㄤ我ㄨㄛˇ吧ㄅㄚ！

　　你ㄋㄧˇ快ㄎㄨㄞˋ離ㄌㄧˊ開ㄎㄞ吧ㄅㄚ！

　　我ㄨㄛˇ們ㄇㄣ˙回ㄏㄨㄟˊ家ㄐㄧㄚ吧ㄅㄚ！

歎詞

「歎」與「嘆」的意思一樣，也叫做「感嘆詞」或「驚歎詞」。

「嘆詞」是一種表達情感或情緒的聲音。

哈 表示得意、高興或笑聲

唉ㄞˋ 表ㄅㄧㄠˇ示ㄕˋ嘆ㄊㄢˋ氣ㄑㄧˋ或ㄏㄨㄛˋ沮ㄐㄩˇ喪ㄙㄤˋ

咦ㄧˊ 表ㄅㄧㄠˇ示ㄕˋ驚ㄐㄧㄥ訝ㄧㄚˋ

哼ㄥ　表ㄅㄧㄠ示ㄕ生ㄕㄥ氣ㄑㄧ

喔ㄛ　表ㄅㄧㄠ示ㄕ了ㄌㄧㄠ解ㄐㄧㄝ

喂ㄟˊ 表ㄅㄠˇ示ㄕˋ呼ㄏㄨ喚ㄏㄨㄢˋ

　　上ㄕㄤˋ面ㄇㄧㄢˋ只ㄓˇ列ㄌㄧㄝˋ出ㄔㄨ幾ㄐㄧˇ種ㄓㄨㄥˇ常ㄔㄤˊ見ㄐㄧㄢˋ的ㄉㄜ˙歎ㄊㄢˋ詞ㄘˊ。這ㄓㄜˋ些ㄒㄧㄝ模ㄇㄛˊ擬ㄋㄧˇ聲ㄕㄥ音ㄧㄣ的ㄉㄜ˙歎ㄊㄢˋ詞ㄘˊ，像ㄒㄧㄤˋ是ㄕˋ一ㄧˋ種ㄓㄨㄥˇ「表ㄅㄠˇ情ㄑㄧㄥˊ的ㄉㄜ˙聲ㄕㄥ音ㄧㄣ」，和ㄏㄜˊ句ㄐㄩˋ法ㄈㄚˇ沒ㄇㄟˊ有ㄧㄡˇ關ㄍㄨㄢ係ㄒㄧˋ。

　　歎ㄊㄢˋ詞ㄘˊ可ㄎㄜˇ以ㄧˇ單ㄉㄢ獨ㄉㄨˊ使ㄕˇ用ㄩㄥˋ，不ㄅㄨˋ一ㄧˊ定ㄉㄧㄥˋ是ㄕˋ放ㄈㄤˋ在ㄗㄞˋ句ㄐㄩˋ子ㄗ˙中ㄓㄨㄥ間ㄐㄧㄢ。

連ㄌㄧㄢˊ詞ㄘˊ

　　把ㄅㄚˇ詞ㄘˊ與ㄩˇ詞ㄘˊ、語ㄩˇ與ㄩˇ語ㄩˇ、句ㄐㄩˋ與ㄩˇ句ㄐㄩˋ，連ㄌㄧㄢˊ結ㄐㄧㄝˊ起ㄑㄧˇ來ㄌㄞˊ的ㄉㄜ˙詞ㄘˊ，叫ㄐㄧㄠˋ做ㄗㄨㄛˋ連ㄌㄧㄢˊ詞ㄘˊ。

　　連ㄌㄧㄢˊ詞ㄘˊ可ㄎㄜˇ以ㄧˇ表ㄅㄧㄠˇ示ㄕˋ詞ㄘˊ、語ㄩˇ、句ㄐㄩˋ之ㄓ間ㄐㄧㄢ的ㄉㄜ˙關ㄍㄨㄢ係ㄒㄧˋ。

　　連ㄌㄧㄢˊ詞ㄘˊ有ㄧㄡˇ很ㄏㄣˇ多ㄉㄨㄛ。例ㄌㄧˋ如ㄖㄨˊ「跟ㄍㄣ」可ㄎㄜˇ以ㄧˇ表ㄅㄧㄠˇ達ㄉㄚˊ兩ㄌㄧㄤˇ個ㄍㄜˋ主ㄓㄨˇ體ㄊㄧˇ：

我ㄨㄛˇ買ㄇㄞˇ了ㄌㄜ˙牛ㄋㄧㄡˊ奶ㄋㄞˇ跟ㄍㄣ餅ㄅㄧㄥˇ乾ㄍㄢ。

主ㄓㄨˇ語ㄩˇ　述ㄕㄨˋ語ㄩˇ　　　詞ㄘˊ　　連ㄌㄧㄢˊ詞ㄘˊ　　詞ㄘˊ

連ㄌㄢˊ詞ㄘ「或ㄏㄨㄛˋ是ㄕˋ」用ㄩㄥˋ在ㄗㄞˋ二ㄦˋ選ㄒㄩㄢˇ一一：

高ㄍㄠ帽ㄇㄠˋ子ㄗ 或ㄏㄨㄛˋ是ㄕˋ 寬ㄎㄨㄢ帽ㄇㄠˋ子ㄗ，
　語ㄩˇ　　　　　　連ㄌㄢˊ詞ㄘˊ　　　　　　語ㄩˇ

我ㄨㄛˇ　都ㄉㄡ喜ㄒㄧˇ歡ㄏㄨㄢ。
主ㄓㄨˇ語ㄩˇ　　　　述ㄕㄨˋ語ㄩˇ

你ㄋㄧˇ想ㄒㄧㄤˇ要ㄧㄠˋ茶ㄔㄚˊ或ㄏㄨㄛˋ是ㄕˋ咖ㄎㄚ啡ㄈㄟ？
主ㄓㄨˇ語ㄩˇ　述ㄕㄨˋ語ㄩˇ　詞ㄘˊ　連ㄌㄢˊ詞ㄘˊ　　詞ㄘˊ

連ㄌㄧㄢˊ詞ㄘˊ「雖ㄙㄨㄟ然ㄖㄢˊ」和ㄏㄢˊ「但ㄉㄢˋ是ˋ」用ㄩㄥˋ來ㄌㄞˊ連ㄌㄧㄢˊ結ㄐㄧㄝˊ兩ㄌㄧㄤˇ個ㄍㄜˋ想ㄒㄧㄤˇ法ㄈㄚˇ：

寶ㄅㄠˇ寶ㄅㄠˇ 醒ㄒㄧㄥˇ了ㄌㄜ˙ ，

主ㄓㄨˇ語ㄩˇ 　　述ㄕㄨˋ語ㄩˇ

句ㄐㄩˋ子ㄗ˙

媽ㄇㄚ媽ㄇㄚ 還ㄏㄞˊ沒ㄇㄟˊ發ㄈㄚ現ㄒㄧㄢˋ 。

主ㄓㄨˇ語ㄩˇ 　　副ㄈㄨˋ詞ㄘˊ 　述ㄕㄨˋ語ㄩˇ

句ㄐㄩˋ子ㄗ˙

雖ㄙㄨㄟ然ㄖㄢˊ 寶ㄅㄠˇ寶ㄅㄠˇ 醒ㄒㄧㄥˇ了ㄌㄜ˙ ，

連ㄌㄧㄢˊ詞ㄘˊ 　主ㄓㄨˇ語ㄩˇ 　　述ㄕㄨˋ語ㄩˇ

句ㄐㄩˋ子ㄗ˙

但ㄉㄢˋ是ˋ 媽ㄇㄚ媽ㄇㄚ還ㄏㄞˊ沒ㄇㄟˊ發ㄈㄚ現ㄒㄧㄢˋ 。

連ㄌㄧㄢˊ詞ㄘˊ 　主ㄓㄨˇ語ㄩˇ 　副ㄈㄨˋ詞ㄘˊ 述ㄕㄨˋ語ㄩˇ

句ㄐㄩˋ子ㄗ˙

連ㄌㄧㄢ詞ㄘˊ「就ㄐㄧㄡˋ」可ㄎㄜˇ以ㄧˇ用ㄩㄥˋ來ㄌㄞˊ說ㄕㄨㄛ明ㄇㄧㄥˊ接ㄐㄧㄝ下ㄒㄧㄚ來ㄌㄞˊ會ㄏㄨㄟˋ發ㄈㄚˊ生ㄕㄥ什ㄕㄣˊ麼ㄇㄜ˙事ㄕˋ：

他ㄊㄚ　撿ㄐㄧㄢˇ　到ㄉㄠˋ　貓ㄇㄠ，
主ㄓㄨˇ語ㄩˇ　述ㄕㄨˋ語ㄩˇ　介ㄐㄧㄝ詞ㄘˊ　賓ㄅㄧㄣ語ㄩˇ

就ㄐㄧㄡˋ　開ㄎㄞ始ㄕˇ　養ㄧㄤˇ貓ㄇㄠ。
連ㄌㄧㄢ詞ㄘˊ　　副ㄈㄨˋ詞ㄘˊ　述ㄕㄨˋ語ㄩˇ賓ㄅㄧㄣ語ㄩˇ

連ㄌㄧㄢˊ詞ㄘˊ「所ㄙㄨㄛˇ以ㄧˇ」用ㄩㄥˋ來ㄌㄞˊ表ㄅㄧㄠˇ示ㄕˋ結ㄐㄧㄝˊ果ㄍㄨㄛˇ：

我ㄨㄛˇ 有ㄧㄡˇ 很ㄏㄣˇ多ㄉㄨㄛ 番ㄈㄢ茄ㄑㄧㄝˊ，

主ㄓㄨˇ語ㄩˇ 述ㄕㄨˋ語ㄩˇ 副ㄈㄨˋ詞ㄘˊ 賓ㄅㄧㄣ語ㄩˇ

所ㄙㄨㄛˇ以ㄧˇ 打ㄉㄚˇ成ㄔㄥˊ 果ㄍㄨㄛˇ汁ㄓ。

連ㄌㄧㄢˊ詞ㄘˊ 述ㄕㄨˋ語ㄩˇ 賓ㄅㄧㄣ語ㄩˇ

練習二十三

1. 「助詞」是什麼意思？

2. 「歎詞」是什麼意思？

3. 「連詞」是什麼意思？

4. 主體有兩個，可以用哪一種詞連接兩個主體？

中文語法的特色

中文的詞類，會因為句子中的位置而改變。

例如「人」是名詞。但「人」放在「魚」的前面變成「人魚」時，「人」就變成了形容詞。

人
名詞

人　　魚
形容詞　名詞

又如「跑」是動詞。但「我喜歡慢跑」的句子中「跑」是名詞。

因為中文的「詞類」會隨著句子改變。所以中文的語法注重句子。

了解句子的主語、述語、賓語就是在分析「句法」。(可參考本書第 183-191 頁，三種基本句型)

想知道更多中文語法的內容，可以參考史上最簡單的國語文法書《中文基礎文法》。

我喜歡慢跑。
名詞

學懂文法的好處

吵架的夫妻恢復感情

　　有位 45 歲的女士，小學的時候就不喜歡讀書，她是一個很容易緊張的人，對自己沒什麼自信。

　　她學會很基礎的文法後，只有一個月，學習能力就從「低等」提升到了「優等」。

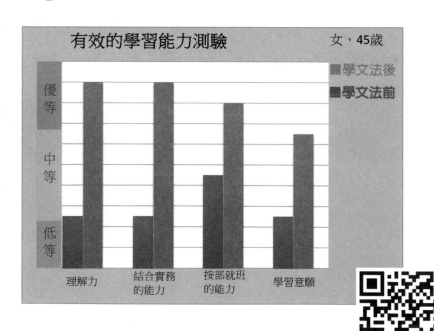

免費學習能力測驗，掃描→

她說：「我現在比較有耐心，也願意去讀書，感覺自己變聰明了。」

她有另一個收穫是覺得自己的溝通能力變好了。

她說以前跟先生講話時，因為先生常常會打斷她或反問她，所以兩人常常講著講著就吵了起來。(原來先生只要聽不明白，就會馬上反問她或打斷她)

自從她學了國語文法後，講話變得比較有條理、能清楚表達想法。她發現先生不再打斷她的話，對話氣氛變得和諧，跟先生的關係也變好了。

我現在有很多朋友

有個國二的男孩，剛開始非常坐不住、靜不下來、總是隨意干擾別人，不遵守教室秩序。

當他完成文法第一單元時，已經進步到有一半的時間可以遵守秩序。

他表示學文法對他的作文有很多幫助。以前作文分數很低，現在每次作文分數都及格。

他有一個收穫是他發現自己以前的行為是不對的。原來有些話的意思跟他想的不一樣，是不應該講的。

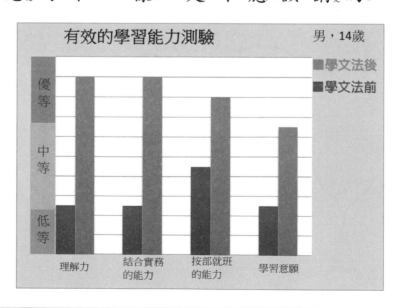

他不再講那些話之後，別人就比較願意跟他做朋友。

他的媽媽說他的脾氣有變好。以前他常會無法控制地跟妹妹吵個不停。現在也比較願意幫忙做家事。

他變得不排斥讀書，主動跟媽媽說想要補習，還獲得最佳進步獎！

接著被老師選為小領隊，加入合唱團、籃球隊，打遊戲時別人也願意跟他組隊。

他說最大的收穫是人際關係變好了，現在他有很多朋友！

閱讀速度變快了

有一位 75 歲的老先生來學文法。他已經是很厲害的針灸師及中醫博士。

他想學文法是因為他覺得有些中醫書很難懂，想背也背不起來。他每天花很多時間讀書，讀了書後卻腦袋空空，一點記憶也沒有。

他學了一個月的文法，學習能力就從「中等」提升到「優等」。

身邊的人都說老先生的脾氣變溫和了。

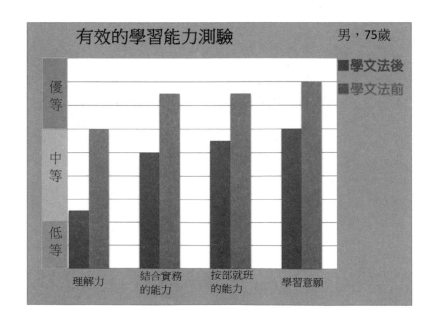

老先生只用六個月就學完整套的文法。現在讀中醫的書籍，讀書快又能理解內容。不需要死記硬背，只要了解意思就可以記住。一個晚上讀兩百頁也不覺得累！

老先生以前收過徒弟。雖然用心教學，但仍然被抱怨聽不懂或重點交代不清楚。

最近老先生的講課，都被家人和學生誇讚內容清楚有條理、容易理解有重點。

懂文法可以活到老、學到老。

改善與媽媽的關係

有一位兒童美語的女老師，客氣又有禮貌，但是常常遇到很倒楣的事情。例如老闆嫌棄她、同事排擠她、爸媽也比較疼愛哥哥。

她說學文法，最棒的地方就是跟家人的感情變好了。

原來她以前常常誤解爸媽的意思，所以跟家人的感情不親密。

她說：「我以前很受不了我媽媽。我跟她無法溝通。」

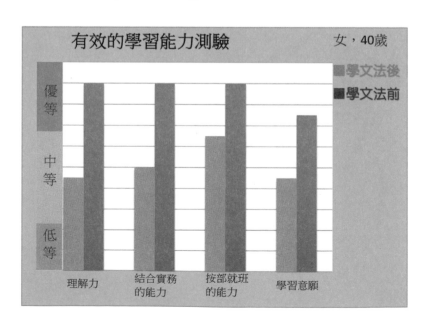

「瞭解中文的基本結構後，我感覺我的腦袋變靈通了。學習變成了一件很有趣的事。」

她學到形容詞後，發現為什麼媽媽講話讓她越聽越煩，是因為媽媽不會使用形容詞。

她開始教媽媽使用形容詞，得到很棒的結果，媽媽現在可以幾句話就把事情交代得很清楚。

媽媽變得很喜歡跟她講話，母女的關係變得非常好。

每ㄇㄟ一ㄧ科ㄎㄜ的ㄉㄜ成ㄔㄥ績ㄐㄧ都ㄉㄡ進ㄐㄧㄣ步ㄅㄨ了ㄌㄜ

有ㄧㄡ個ㄍㄜ女ㄋㄩ孩ㄏㄞ成ㄔㄥ績ㄐㄧ很ㄏㄣ優ㄧㄡ異ㄧ，國ㄍㄨㄛ小ㄒㄧㄠ畢ㄅㄧ業ㄧㄝ時ㄕ得ㄉㄜ到ㄉㄠ了ㄌㄜ市ㄕ長ㄔㄤ獎ㄐㄧㄤ。她ㄊㄚ每ㄇㄟ天ㄊㄧㄢ都ㄉㄡ花ㄏㄨㄚ好ㄏㄠ幾ㄐㄧ個ㄍㄜ小ㄒㄧㄠ時ㄕ讀ㄉㄨ書ㄕㄨ與ㄩ寫ㄒㄧㄝ功ㄍㄨㄥ課ㄎㄜ。

到ㄉㄠ了ㄌㄜ國ㄍㄨㄛ二ㄦ，因ㄧㄣ為ㄨㄟ無ㄨ法ㄈㄚ承ㄔㄥ受ㄕㄡ學ㄒㄩㄝ習ㄒㄧ壓ㄧㄚ力ㄌㄧ，每ㄇㄟ一ㄧ科ㄎㄜ的ㄉㄜ成ㄔㄥ績ㄐㄧ都ㄉㄡ下ㄒㄧㄚ滑ㄏㄨㄚ。

她ㄊㄚ的ㄉㄜ思ㄙ考ㄎㄠ與ㄩ反ㄈㄢ應ㄧㄥ速ㄙㄨ度ㄉㄨ變ㄅㄧㄢ慢ㄇㄢ，幾ㄐㄧ乎ㄏㄨ處ㄔㄨ在ㄗㄞ一ㄧ種ㄓㄨㄥ當ㄉㄤ機ㄐㄧ模ㄇㄛ式ㄕ，理ㄌㄧ解ㄐㄧㄝ力ㄌㄧ下ㄒㄧㄚ降ㄐㄧㄤ，也ㄧㄝ無ㄨ法ㄈㄚ再ㄗㄞ吸ㄒㄧ收ㄕㄡ更ㄍㄥ多ㄉㄨㄛ資ㄗ料ㄌㄧㄠ。

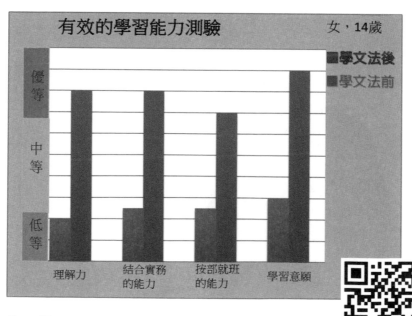

免ㄇㄧㄢ費ㄈㄟ學ㄒㄩㄝ習ㄒㄧ能ㄋㄥ力ㄌㄧ測ㄘㄜ驗ㄧㄢ，掃ㄙㄠ描ㄇㄧㄠ→

語文是一切科目的基礎，她開始學習中文的文法。一段時間後，她清除許多之前累積的誤解，也逐漸恢復了自信心。

她說：「小時候，我對任何事物都很好奇，都很想了解。」

「但隨著長大，讀的書越多，累積的誤解越多，就越來越不愛學習；甚至討厭學習。讀了文法之後，我發現我對學習又開始有興趣，重新拾起對學習的熱忱。」

幾個禮拜後，她的每一科成績都進步了，又可以應付學校的功課了。

參考資料來源：

新紀元出版社《文法與溝通》
新紀元出版社《基本學習手冊》
臺灣商務印書館《國語文法》
五南圖書出版公司《小學生活用辭典》，雨部的來源介紹
（網路版）兩岸萌典

本書中所使用的辭典截圖來自博客來網路書店

英文字母是怎麼演變來的？誰都沒想到它的起源原來在埃及
https://twgreatdaily.com/bleG6W8BjYh_GJGV3iwu.html

英文字母的由來，26 個英文字母的由來
https://www.uhelp.cc/a/202103/63512.html

https://zh.wikipedia.org/zh-tw/腓尼基字母

表意文字與表音文字之爭：漢語是落後的語言？（語文的演變 10）
https://ppfocus.com/0/hibe3b6cc.html

字母文字的演變脈絡：世界所有國家的字母文字都是同出一源
https://twgreatdaily.com/NwewfHQBeElxlkkaVC84.html

商博良誕辰｜科學史上的今天 12/23
https://pansci.asia/archives/130033

10 分鐘就學會用古埃及象形文字自己寫
https://read01.com/P5dERGg.html#.YzAfRHZBw2w

古埃及象形文字破譯之謎 https://kknews.cc/tech/bkvxk6.html

羅賽塔石碑 穿越時空的語言符號
https://read01.com/QALzKx5.html#.YzEVxXZBw2w

破解古埃及象形文字 https://www.youtube.com/watch?v=Qbf1PTdoll4

漢字八大基本筆畫名稱與寫法
https://www.youtube.com/watch?v=aEFkVnPQemk

鋼筆楷書基本筆畫的書寫方法 https://kknews.cc/culture/4mmlgbv.html

國家圖書館出版品預行編目 (CIP) 資料

如何讓孩子愛上學習：學校沒教你的中文秘密 / 黃筱媛作.
  -- 出版 .-- 臺中市：柳岸文化實業有限公司 ,2022.11
    面 ; 公分
    注音版

ISBN 978-626-96785-0-1(平裝)

1.CST: 漢語語法 2.CST: 漢語教學 3.CST: 兒童教育

    802.63   111017762

如何讓孩子愛上學習：學校沒教你的中文秘密

發 行 人　黃筱媛
出 版 者　柳岸文化實業有限公司
統一編號　90185892
聯絡地址　台中市西區柳川西路二段 84 號 1 樓

作　　者　黃筱媛
總 編 輯　黃筱媛
插　　圖　白曉莉
封面設計　簡名辰、映意設計工作室
校　　定　黃筱媛、白曉莉
排版設計　黃一娉
印　　刷　映意設計印刷

購書專線　(04)2373-0050
匯款帳號　國泰世華銀行 013 南屯分行　240-0350-18230
戶　　名　柳岸文化實業有限公司
Line 搜尋　@skylife
官　　網　https://www.skylife2000.com

出版日期　2022 年 11 月初版
定　　價　460 元